村雨の手が、いつの間にか氷樫の乳首を悪戯していた。
　硬くしこった乳首を、指先で摘ままれ転がされると、それだけで呼吸が乱れてしまう。

# 裁《さば》かれざる愛《あい》

柚《ゆ》月《つき》 笙《しょう》

*ILLUSTRATION*：大《おお》麦《むぎ》若《わか》葉《ば》

# 裁かれざる愛

*LYNX ROMANCE*

*CONTENTS*

# 裁かれざる愛

「判決を言い渡します」

張り詰めた静寂が支配する法廷に向かい、法壇中央に座った裁判長が厳《おごそ》かに告げた。

「主文」

その声に、証言台の前に俯《うつむ》きがちに立った、被告田辺敦史《たなべあつし》の肩が微《かす》かに揺れた。

元七尾組《ななおぐみ》組員田辺は、改造したモデルガンを所持していたとして、銃砲刀剣類《じゅうほうとうけんるい》不法所持と火薬類取締法《かやくるいとりしまりほう》違反で逮捕された。検察は田辺がモデルガンを改造し、営利目的で販売していたと主張している。

逮捕当初、田辺は販売はしていないと容疑を否認していたが、結局、販売を認める自白調書を取られていた。だが、裁判が開始されてからは一貫して販売については否定している。

実際のところどうなのかは分からない。

警察も田辺が改造銃を売り捌《さば》いていたとする、確たる証拠を摑《つか》むことはできなかった。

弁護を担当した氷樫亮彦《ひがしあきひこ》は、田辺が元組員ということで、警察の捜査には当初から予断があったと強く主張した。

そして、取り調べ中の警察官による田辺への暴言、脅迫、誘導、強要が長時間にわたって繰り返し執拗《しつよう》に行われたことを理由に、自白調書の信用性は低いとして証拠採用も断固拒否した。

しわぶき一つ聞こえない、静まり返った法廷に裁判長の重々しい声が響いた。

「被告人を懲役三年の刑に処する」

その瞬間、傍聴席にはどよめきとも、落胆のため息ともつかないさざめきが波紋のように広がった。

元組員で傷害の前科もある田辺には、実刑とはいえ極めて軽い刑だといえる。

裁判長は、検察側の田辺が販売するためにモデルガンを改造したとする主張を退《しりぞ》けたのだ。

さらに、警察官が取り調べで、田辺の人格を侵害する違法な発言をしたことも認めた。

完敗に等しい判決に、検事席ではまだ若そうな検事が忌々《いまいま》しげに弁護士席の氷樫を睨《ね》めつけている。

喉元に溢《あふ》れる悔しさと屈辱を、ギリギリと奥歯で嚙《か》み潰《つぶ》している音まで聞こえてきそうな顔である。

そんな検事の刺すような視線をものともせず、氷樫は凜《りん》と背筋を伸ばし、ただ静かに前を見据えて座っていた。理知的で、清潔感のある甘く涼しげな美貌《びぼう》には、勝ち誇った笑みもない代わりに、安堵《あんど》の表情も浮かんでいなかった。

「これにて、閉廷します」

静まり返った法廷の緊張を解くように、裁判長の声が響いた。


「氷樫先生！」

弁護士控え室へ戻ろうとした氷樫の背中を、尖《とが》った声が荒々しく呼び止めた。

足を止め、氷樫はゆっくりと優雅に振り向いた。

チェンジポケットのついたブリティッシュトラッドのダークスーツを着た氷樫は手足が長く、まるでモデルか何かのようで、およそ裁判所の殺風景な廊下には不釣り合いに見える。

そんな氷樫を、くたびれた吊《つ》るしのスーツを着た中年の男がさも腹立たしげに睨《にら》みつけていた。

今日の被告人……田辺に弁護を依頼された時、所轄署で顔を合わせた捜査課の刑事である。

確か、安西《あんざい》とかいった。

「長期刑《ナガムシ》は避けられないはずだったのに、たった三年に値切ってみせるとはね。評判通りのたいした辣腕《らつわん》弁護士だ」

皮肉を込め、当て擦《こす》るように嫌みたっぷりの口調で安西は言った。

「三年で娑婆《しゃば》へ舞い戻った田辺が、またぞろ商売に励めばどうなるか。今度は、ヤツの改造した銃で人が死ぬかもしれないんですよ」

安西はどうしても、田辺が改造したモデルガンを売り捌いていたことにしたいらしい。

「何がなんでも田辺にナガムシ食らわせたかったなら、もっときっちり隙のない捜査をして、誰にも文句のつけようのない証拠を揃《そろ》えればよかったんだ」

顔色一つ変えず平板な口調で言い返した氷樫を、安西は薄く口を開け呆気《あっけ》に取られた顔で見つめた。

「検察側が提出した証拠に拠《よ》れば、懲役三年が妥当な線だ。裁判とは法廷に提出された証拠に基づいて、刑法に照らし合わせ相応の量刑を決めることだ。違うか？」

言い返すこともできず、悔しさのあまり握りしめた拳をブルブルふるわせている安西にさっさと背を向けると、氷樫は再び廊下を歩きだした。

廊下の角を曲がろうとした時、ひとりの男が腕組みをして壁に寄りかかり、じっと氷樫を見つめていることに気づいた。

一七八センチの氷樫より、十センチは背が高いだろう。

クラシコイタリアのブラックスーツから、溢れんばかりの男の色気が滲《にじ》みでている。

濃いグレーのシャツに、ガンメタリックのネクタイ。渋いモノトーンスタイルに、袖口のキッスボタンが遊び心を添えている。

心憎いまでのスタイリッシュさは、氷樫とは違った意味で、地裁の廊下でまったく場違いな異彩を放っていた。見るからに、堅気の男ではないと分かる。

男の、目鼻立ちの整った、端整だが苦み走った野生的な風貌に既視感があった。

まさか……、と胸の裡《うち》で呟《つぶや》く。

「……村雨《むらさめ》……？」

記憶を探るように氷樫が呼んだ瞬間、男の鋭い目が柔和に細められ嬉《うれ》しげな笑みが浮かんだ。

「久しぶりだな、亮彦」

低く深みのある声でそう呼ばれると同時に、氷樫は足もとがゆらりと揺れたような気がしていた。

胸の奥深くで、それまでさらさらと流れるように時を刻み続けていた小さな砂時計が、不意に動きを止め、ついでゆっくりと上下を反転させる。

緩《ゆる》やかに、降り積もった時が巻き戻されていく——。

「なんだよ。やっぱり、お前ら、繋《つな》がってたんじゃないか！」

背後から響いた安西のだみ声が、氷樫と村雨の間の微妙な緊張感を破った。

怪訝《けげん》な顔で振り向いた氷樫に、安西が小走りに近寄ってきた。

「氷樫先生、アンタ本当は、田辺じゃなくて七尾組に雇われてたのか」

「バカなことを言うな」

氷樫が田辺の弁護を引き受けたのは、当番弁護士として警察署で接見したのがきっかけで、そのことは安西も知っているはずだった。

さすがに気色ばんだ氷樫を、安西は鼻でせせら笑った。

「とぼけたって無駄だよ。七尾のサメに買収《ころ》されて、それで田辺のナガムシ値切った。そういうことだったんだろう？」

「七尾の…サメ……？」

「俺のことさ」と村雨が、静かに割って入った。

「残念ながらそれは違うな。田辺はとっくに組を離れた人間だ。そんなヤツのために、組が金かけて弁護士雇ってやる義理はどこにもない」

「田辺が組を抜けたってのも、実は改造銃の商売のためのカムフラージュだったんじゃないのか？ヤツはどれくらい組に上納してたんだ」

寄りかかっていた壁から身体《からだ》を起こし、村雨はさも呆《あき》れたように肩を竦《すく》めた。

「チャカなんか、その気になれば堅気だって手に入れられる時代だってのに、一発撃ったらおシャカの改造銃なんかで商売になるわけないだろう」

村雨はまだ何か言いたげな安西の存在をきれいに無視し、氷樫の方へ向き直った。

「十八年ぶりか……」

「……そんなになるか……」

「まさか、お前が弁護士になっていたとはな」

感慨深げに言ってから、村雨はふっと薄い唇を綻《ほころ》ばせた。

「落ちこぼれの不良だった俺と違って、亮彦は学校始まって以来の秀才だったからな。考えてみれば、驚くほどのこともないわけだ」

過ぎた日を思うかのように、村雨は微かに目を眇《すが》め窓の外を見た。

つられて顔を向けた氷樫の目を、十八年前と同じ夏の強い陽射《ひざ》しが射ぬいた。

その瞬間、目の奥に閃光のように走った痛みは、氷樫の胸の奥にまで深々と突き刺さっていた。


教室へ入ろうとした氷樫の耳に、噂話《うわさ》に興じる女子生徒たちの甲高い声が響いた。

「ねえねえ、聞いた？　この間の全国模試、氷樫君、全国四位だったんだって」

「すっごーい！」

「だけど、ベストスリーってわけじゃないじゃん」

勝ち気そうな声には、聞き覚えがあった。氷樫のことを毛嫌いしている、負けん気の強そうな学級委員長の顔が浮かぶ。

「でもさー、ウチの学校で全国四位だよ？」

「ノンノン！　オリンピックだって、三位と四位じゃ大違いじゃん」

「たぶん本気出してなかったんだろうって、高橋《たかはし》先生が言ってた。次は一位を目指して頑張れって、高橋先生が言ったら、五番以内に入ってれば順位は関係ないって言ったんだってー」

「ちょっとぉ、何、その余裕。氷樫君、休んでばっかで、遅刻早退も当たり前のくせにー。なんか、チョーむかつかない？」

伏し目がちにため息を一つこぼし、氷樫は教室に背を向けた。せっかく、珍しく始業に間に合うように登校してきたのに、すっかり授業を受ける気が削《そ》がれてしまった。

昇降口へ向かって引き返しながら、頭の中で出席日数を計算する。

一時限目の数学は、まだかなり休んでも余裕があるはずだった。二時限目の世界史も大丈夫。三時限目の化学と四時限目の古典は、ちょっとヤバイかもしれないな。

となると、十時半には戻ってこなければならないから、あまり遠くへは行けないか。

さて、どうしようかと思った時、廊下の向こうから担任の高橋が、朝っぱらからくたびれた顔をしてとぼとぼ歩いてくるのが見えた。

「やば……」

口の中で呟いて、氷樫はとっさにすぐ脇の階段を駆け上がった。

氷樫の通う高校は、ごく一般的な市立の普通高校だった。

市内にはもう一校、県内でもトップクラスの進学率を誇る県立高校があった。高校受験の時、成績上位の生徒は、皆その県立高校を目指していた。

氷樫も、担任教師に公立を受験するなら県立高校にしろと強く勧められた。

にも拘《かか》わらず、氷樫が市立高校へ入学したのは、単に市立高校の方が家に近かったからである。

大手都市銀行に勤める氷樫の父は、二、三年に一度は異動があり、そのたびに氷樫は両親とともに転居を繰り返してきた。

東京《とうきょう》から電車で三時間ほどのこの地方都市へも、中学三年の秋に引っ越してきて、クラスメートの名前もろくに覚えないうちに卒業式を迎えたのである。

この高校にも、卒業まで在籍できるかどうか分からない。

小学校の頃から何度も転校を経験したせいなのか、氷樫には心を許せる友達がいなかった。

せっかく仲良くなっても、すぐに離ればなれになってしまう。

氷樫が小学生だった頃は、ＰＨＳや携帯電話はもちろん、ポケベルもまだなかった。別れの時にどんなに固い約束を交わしても、子供同士の音信なんて簡単に途絶えた。元々、どちらかと言えば人見知りで、誰とでもすぐに打ち解けられる性格ではなかった。いつの間にか氷樫は同級生たちよりちょっと大人びて、ひとりで行動する癖がついてしまった。誰にも心を開かないせいで、クラスの中で浮き上がってしまうようなことがあっても、どうせこの学校にもそう長くはいないのだと思うと、それほど苦にはならなかった。

中学に進み思春期に入ると、その傾向はさらに強まった。

どこの学校でも、転校生を気遣って話しかけてくれるお節介焼きの生徒が必ずいる。それを内心では煩わしいと思いながら、喧嘩《けんか》を売らない程度に適当に受け流し、何を訊《き》かれても曖昧《あいまい》にはぐらかす。転校してきた途端、学年トップの成績に躍り出ておきながら、一向に周りに溶け込もうとせず、休みがちで遅刻も早退も度々の氷樫は、どこでもすぐに近寄りがたい変わり者のレッテルを貼られた。つき合いの悪い氷樫に話しかける生徒は次第に少なくなり、ついには誰も氷樫に声をかけようとしなくなるまでにそう時間はかからない。

そうなってやっと、氷樫は新しい学校での居場所を確保した気分になりホッとするのだった。

半年しか在籍しなかった中学を卒業して進学したこの高校では、氷樫は入学当初からひとりだった。周りは小学校からずっと一緒の幼馴染《おさなな》み同士《じ》ばかりで、初めからグループができあがっていた。引っ越してきたばかりで、クラスの中に中学時代の知り合いすらろくにいない氷樫には、幸いなことに誰も話しかけてこなかった。

窓際の席で、ぼんやりと外を眺めながら、この学校の居心地はそれほど悪くないと思っていた。

校舎の屋上へ出てくると、氷樫は思いきり両手を伸ばした。

屋上へ来たのは二度目だが、青々とした海が遠く見渡せて、なかなか気に入っていた。陽射しを反射して煌《きら》めく海と、青空にぽっかりと浮かんだ白い雲。長閑な景色は、ここが学校の屋上でさえなければ最高のロケーションである。

屋上の南側の端に、スクールシンボルの時計塔が建っていた。それほど大きな物ではないが、趣《おもむき》のある時計塔の前には、大型のプランターや植木鉢がいくつも並べられ、木製のベンチも置かれている。

昼休みや放課後にはそこでお喋《しゃべ》りに興じる女子もいるが、授業中の今は誰の姿もない。

だが、無人のベンチには目もくれず、氷樫は時計塔の裏側へ回った。うっかりベンチになんか座っていて、見回りと称して煙草を吸いにくる教師にでも見つかったら面倒くさい。

背負っていたデイパックを下ろし、乾いたコンクリートの上に直接座り込む。

時計塔の影になっていたからか、コンクリートはひんやりとして気持ちがよかった。

背中を時計塔の壁に預け、氷樫は眩《まぶ》しげに目を細め、ぼんやりと晴れた空を見上げた。

ふんわりとした綿雲が、様々に形を変えながら流れていく。

「ああ、どこか遠くへ行きたいな……」

誰に言うともなくぽつりと呟いて、氷樫はデイパックから文庫本を取りだし読み始めた。

授業が始まった校内は、しんと静まり返っていた。校庭に植えられた楡《にれ》の木にでも止まっているのか、ときおり鳥の鳴き声が聞こえてくるくらいである。

気持ちの良い風に吹かれながら、氷樫は読書に没頭した。

子供の頃から、本を読むのは大好きだった。

世界名作文学と呼ばれる本は、小学校時代にあらかた読み尽くした。中学に入るとSFやファンタジー小説に夢中になり、最近はルポルタージュやミステリーにはまっている。

一心にページを繰《く》るうち、あっという間に時間は過ぎ、一時限目の終了を告げるチャイムが鳴った。

気分転換をしようと教室から出てきた生徒がいるらしく、背後から足音とお喋りが聞こえてきた。

でも、幸いなことに、時計塔の裏側まで回り込んでくる者は誰もいなかった。

わずか十分の休み時間はあっという間に過ぎ、屋上はまた静けさを取り戻した。

どれくらい経ったのか、ふと人の気配を感じて顔を上げると、背が高く、目つきのきつい男子生徒が見下ろしていた。

茶色に染めた髪は衿《えり》が隠れるほど後ろ髪が長く、荒削りだが鼻筋の通った端整な顔立ちをしている。

ほとんどの生徒が夏服になると半袖シャツを着ているのに、胸に校章が刺繍《ししゅう》された長袖シャツを肘までまくり上げていた。シャツの第二ボタンまで外し、ネクタイも胸元までだらしなく緩めている。

シャツの隙間から、子供じみた粗暴さが垣間見えている気がした。

少年から青年へ移り変わる途中の危うさと、ふてぶてしさが同居しているような感じだった。

学年毎《ごと》に色分けされた衿元の徽章《きしょう》の色が同じなので、同学年だと分かったが見覚えはなかった。

こんなに目立つ恰好《かっこう》をしているのだから、同じクラスなら顔くらい覚えていそうなものだが——。

時計塔の壁に肩先で寄りかかり、両手をズボンのポケットに突っ込んだまま、少年は引き締まった薄い唇を引き結び、こちらを見ている。

何か用かとも訊かず、座ったまま見上げた氷樫と、視線が絡み合う。

眼差《まなざ》しは鋭いが、荒《すさ》んだ感じはなかった。むしろ、意志の強そうな双眸《そうぼう》の奥に、芯の通った潔癖さが潜んでいるようなきれいな目だと思った。

それでも、何か因縁でもつけられるのかと緊張したが、どうもそんな雰囲気でもないらしい。

誰もいないと思ってサボりに来たら、思いがけず先客がいたので戸惑っている。

多分、そんなところだろう。

勝手にそう当たりをつけると、自分でも不思議なくらいホッと肩から力が抜けていた。

邪魔だというなら場所を空けてもいいが、氷樫ももう少しここで時間を潰していたかった。

何より、読みかけのミステリーの続きが気になる。物語はちょうど佳境に入ったところなのだ。

相手が何も言わないのをいいことに、氷樫は黙って手元の本に視線を戻した。

すると、それが合図だったかのように、少年も氷樫から五、六十センチほど間を開けて腰を下ろした。ポケットから無造作に煙草の箱を引っ張りだし、一本抜き出してくわえる。

カチっとライターの小さな音がして、煙草の匂《にお》いがふわりと漂い、吹き抜ける風に散っていった。

まるで、お互いの存在を無視するかのように、ふたりとも一言も口を利かなかった。

でも、ふたりの間に適度な距離があるからなのか、相手の存在をそれほど意識せずにすんだ。

海風が、頰《ほお》をなぶっていく。

あともう少しで切りのいいところまで読めるのに、意地悪く二時限目の終了を告げるチャイムが鳴ってしまった。

仕方なく、名残惜しい思いで文庫本を閉じると、氷樫は小さくため息をついた。

眩しいほど明るい屋上から、薄暗い教室へ移動しなくてはならない。

傍《かたわ》らでは、とっくに煙草を吸い終えた少年が、片膝を抱え、何をするでもなくぼんやりとしている。

少年の方をちらりと見やってから、氷樫はゆっくりと立ち上がった。

「授業、出るのか？」

黙って歩きだそうとしたところを意外そうに呼び止められ、氷樫は驚いて振り向いた。

まさか、声をかけられるとは思わなかった。

「次の化学は、もうそんなに休めないんだ」

「氷樫なら成績がいいんだから、出席日数くらい大目に見てもらえるんじゃないのか？」

「まさか……。休んでばかりで目をつけられてるから、ここぞとばかりに説教されるに決まってる」

肩を竦めてぼやくと、氷樫は「お先に……」と言って歩きだした。

ふと、氷樫にしては珍しく名前を訊いておけばよかったと思っていた。でも、向こうは氷樫のことを知っているのに、こっちは顔も覚えていないとバレるのもばつが悪い。

「ま、いいか」

屋上からの階段を早足で降りる氷樫の脳裏から、少年の存在は早くも消えていた。


「起立」

学級委員長の号令で、クラス全員が立ち上がる。

「礼」

氷樫も窓際の席で立ち上がり、おざなりに頭を下げた。

「着席」

ガタガタと椅子《いす》を鳴らして、生徒たちが腰を下ろす様子を、教壇に立った化学担当の尾崎《おざき》が睥睨《へいげい》するように見ている。学年主任でもある尾崎は、口うるさい教師連中の中でも、取り分け頑固で融通の利かない中年教師だった。

いつも色褪《あ》せたポロシャツにしわくちゃの白衣を羽織っている尾崎のことを、口の悪い生徒たちはウスバと呼び毛嫌いしていた。

ウスバとは先輩から後輩へ代々伝わってきた尾崎のあだ名で、少々薄い頭髪をからかったあだ名とも、ウスバカゲロウに薄馬鹿下郎と当て字をした某昆虫記から取られたという説もある。

「ほう、今日は珍しいヤツが出席してるじゃないか。その割には、いい天気だな」

ひとわたり教室を見回した尾崎が、小馬鹿にした口調で嫌みったらしくつけつけと言った。

尾崎が自分のことを当て擦っているのはすぐに分かったが、氷樫は素知らぬ顔で前を向いていた。

「氷樫、お前だよ」

教壇から降り最前列の机の前に立つと、尾崎は反応のない氷樫に向かい焦《じ》れたように声を荒らげた。

その声に釣られるように何人かが辟易《へきえき》した顔で氷樫の方をちらりと振り向き、後ろからは聞こえよがしのため息が響いてきた。

「ちょっとばかり成績がいいからって、図に乗ってると、そのうち痛い目に遭うぞ。いくらテストの点がよくても、授業にもろくに出てこないヤツに成績はつけられないんだからな」

中間テストで、氷樫はクラスでただひとり満点だった。

すました顔で答案を受け取る氷樫に対し、尾崎はあからさまな不機嫌を隠そうとしなかった。

苦虫を噛み潰したような顔で答案を返し終わると、全体的に見れば出来の悪かったテスト結果について、尾崎は嫌みたっぷりの説教を延々と垂れ流すように続けた。

以来、同級生たちにとっても、氷樫は厄介な存在ということになってしまったらしい。

「聞いてるのか、氷樫！」

「すみません……」

氷樫が形ばかり頭を下げた時、教室の引き戸が乱暴に引き開けられた。

長身を屈《かが》めるように入ってきたのは、屋上で一緒だったあの少年である。

同じクラスだったのか――。

ポーカーフェイスを保ったまま、氷樫はそっと思った。

「村雨！　なんだ今頃！」

振り向きざまに声を荒らげた尾崎にのっそりと歩み寄ると、村雨はズボンのポケットに両手を突っ込んだまま黙って見つめ返した。

身長は、完全に村雨の方が勝っている。

教壇から降りていたせいで、不覚にも尾崎は村雨から見下ろされる恰好になった。

村雨の無言の反抗に気圧《けお》されたのか、尾崎は口惜しげに頬を引《ひ》き攣《つ》らせ後退《あとずさ》っている。

「さ、さっさと席に着け！」

辛うじて威厳を保った尾崎の声に、村雨は唇の端を歪《ゆが》めるようにクッと笑った。

それから、机の間を縫うように悠然と歩いていった。

これまで同級生にほとんど注意を払ってこなかったからか、それとも自分の欠席が多過ぎるせいなのか。多分、両方だと思うが、氷樫の中に村雨の記憶は残っていなかった。

あいつ、村雨というのか——。

村雨はいつも、あの時計塔の裏で煙草を吸っているのだろうか。

そう思った鼻先を、煙草の煙が掠《かす》めたような気がして、氷樫は無意識に村雨の姿を目で追っていた。

教壇に立った尾崎は、化学反応式と量的関係について授業を始めている。

尾崎の授業はいつも独りよがりで、面白みに欠けていた。

教えてやっているのだと、上から目線で授業をしているのが見え見えで、理系が苦手な生徒を小馬鹿にしていて丁寧に嚙み砕いて説明しようという親切心は何一つ感じられない。

日頃の生徒に対する尊大で横柄な態度が、授業内容にも顕著に現れている残念な例だった。

氷樫の斜め前の席では、そんな授業に興味を失ってしまったらしい女子生徒が睡魔と戦っている。

その隣の男子生徒は、広げた教科書でカムフラージュしながら何か内職をしているらしい。

これなら、自分が尾崎の代わりに授業をした方が、よほど分かりやすく説明できるのに——。

ついそんな不遜なことを考えた時、氷樫はふと誰かの視線を感じた気がして振り向いた。

廊下側の一番後ろの席から、村雨がじっとこちらを見ていた。

授業を聞く気などハナからないのか、辛うじて教科書は開いていたが、ノートはどこにも見当たらない。椅子を斜め後ろにひき、長い足を持て余すように組んで頰杖をつき、氷樫の方を見つめている。

振り向いた氷樫と目が合った瞬間、村雨はちらりと頰を弛めた。

微かに眉《まゆ》を寄せ慌てて目を逸《そ》らすと、氷樫は黒板に向かい板書している尾崎の背中を見つめた。

うなじに、村雨の視線が突き刺さってくる気がする。

もう一度振り向きたい衝動を堪《こら》え、氷樫は窓の外へ視線を逃がした。

陽射しを浴びて光る楡の枝が大きく揺れ、開け放された窓から風が吹き込んでくる。

その瞬間、屋上で嗅《か》いだ煙草の匂いが、氷樫に纏《まと》わりつくように漂った。

片手で風からライターの炎を庇《かば》いながら、馴れた様子でくわえた煙草に火をつけていた村雨の大人びて様になっていた仕草までが鮮やかに蘇ってくる。

意識するまいとすればするほど、どうしても村雨のことが気になってしまう。

我慢しきれず、氷樫はもう一度ちらりと振り向いた。

先ほどと変わらない姿勢で、村雨は氷樫を見ていた。

見られてはいるが、ガンをつけられたりしているのではないことは分かる。

ではなぜ、村雨はこんなにも氷樫を見続けているのだろう。

耳の奥で、木々の葉がざわざわと鳴っていた。

いや、鳴っているのは木の葉ではなく、自分の心臓かもしれない。

村雨に見られているだけで、どうしてこんな風に緊張しなければならないんだ。

全身で村雨の視線を意識しながら、氷樫は舌打ちするように思った。

氷樫が村雨と一緒に屋上にいたのは、ほんの一時間足らずで、ほぼ初対面だった。

しかも、その間、会話はほとんどなかった。最後の別れ際にほんの少し、確認のように言葉を交わしたに過ぎない。

それなのに――。

元々、ろくに聞いていなかった尾崎の声が、さらに遠のき意識から弾《はじ》きだされていく。

その時だった。

「村雨！」と尾崎の刺々《とげとげ》しい声が響いた。

「どこを見てるんだ。そんなに氷樫が気になるのか？」

氷樫がぎょっとして振り向くと、村雨はしれっとした顔で「別に」とぶっきらぼうに答えている。

「何がなんだかさっぱり分からないから、外を見てただけだ」

「さっぱり分からないのは、お前がちゃんと授業を聞いてないからだろう」

ふて腐れたようにふんと鼻を鳴らし、村雨はそっぽを向いている。

屋上で見せたのとは別人の、子供じみた態度がなんだかおかしい。

ふとそんな風に思った氷樫をよそに、周りの生徒たちは、またネチネチとしつこい尾崎の説教が始まるとげんなりした顔をしている。

ところが、案に相違して、尾崎は氷樫の方を向き直った。

「氷樫、この問題を解いてみろ」

黒板をノックするようにコンと叩《たた》いて、尾崎は氷樫を指名した。

まさか自分が指名されるとは思わなかったので内心驚きつつ、氷樫は静かに立ち上がった。

氷樫が村雨に気を取られている間に、黒板には化学反応式と量的関係の問題が書かれていた。

尾崎は、氷樫が村雨を気にしてチラチラ振り向いていたことにも気づいていたのだろう。

黒板のところへ歩きながら、氷樫は急いで問題を読み下した。

大理石十五グラムに塩酸を少しずつ加えた時、発生した気体の体積は標準状態でどれくらいになるか、という問いである。

チョークを手にした氷樫は、一瞬の迷いもなくさらさらと反応式を書いた。

「大理石十五グラム中に炭酸カルシウムは０・１モルあったことになります。ＨＣｌ《塩酸》２モルから二酸化炭素１モルが発生するので、この実験で発生する二酸化炭素は２＊０・１／２＝０・１モルとなります」

氷樫が解答すると、誰かが小声で「さっすがぁ……」と揶揄《やゆ》するように呟いたのが聞こえた。

同時に、あろうことか村雨がひゅっと口笛を吹いた。

「村雨！」と叱りつけてから、尾崎は氷樫に向かいさも忌々しげに「席に戻っていい」と告げた。

それでも腹の虫がおさまらなかったのだろう。

「村雨、あとで職員室へ来い！　氷樫、お前もだ！」と怒鳴った。

氷樫は内心で「俺もかよ」と毒づいたが、仕方なく「分かりました」と答えた。

席へ戻りながらちらりと見ると、村雨は性懲りもなく氷樫に向かってニヤッと笑って見せた。

人を食ったような村雨の笑顔は、驚いたことにけっこう憎めなくて人好きがした。

なんなんだよ——。

出かかったため息を押し殺し、氷樫は内心でぼやいた。

　授業の終わりを告げるチャイムが鳴り、尾崎の姿が教室から消えた途端、氷樫はつかつかと村雨の席へ歩み寄った。

「職員室へ行こう」

だらしなく両脚を投げ出すように座ったまま、村雨は呆れたように氷樫を見上げた。

「……今から？　あとでいいだろ」

「今すぐだ」

「どうして、そんなに急ぐんだよ」

「今すぐ行けば、尾崎の小言を聞くのは次の授業が始まるまでの十分間ですむ」

「あー、なるほどね……」

「どうしても嫌なら、俺ひとりで行く。村雨はあとで、尾崎に好きなだけ絞られろ」

それでも立ち渋っている村雨にくるりと背を向けると、氷樫はさっさと歩きだした。

「おい、待てよ」

廊下へ出た氷樫を、村雨が慌てて追ってきた。

「もっとすかしたヤツかと思ってたけど、氷樫は案外面白いんだな」

「は？」

氷樫のことを面白いなどと評した同級生は、村雨が初めてである。

どこをどう押したら、そんな感想が出てくるのか。

そもそも、村雨は自分のことを、どれほど知っていると言うのだろう。

「授業中、ずっと俺のこと見てただろう。なんで見てたんだ」

「見ちゃ悪かったか？」

尾崎に訊かれた時と同じに、窓の外を見ていただけだと言い逃れするかと思ったが、村雨はしれっと開き直った。

「ウスバがきったねえ字で書き殴った、わけ分からん化学式なんか見てたって眠気がさすだけだからな。それより、氷樫を見てた方がずっといい」

「なんだ、それ……」

説明になっていないと、思わず足を止め問い返した氷樫に、村雨は「別に」とお決まりの返事で流しさっさと歩いて行く。

舌打ちをして、氷樫は後を追った。

職員室は氷樫たちの教室とは反対側にあたる、校舎の一階東側にあった。

西側の階段を降り、長い廊下を歩き、職員室の前に立つと、氷樫は伏し目がちに小さく息をついた。

職員室に呼び出されるのは、初めてではない。

でも、誰かと一緒という経験は、これまで一度もなかった。

いつもと違う状況に、柄にもなく緊張してしまう。

意識して背筋を伸ばし顎《あご》を引くと、氷樫は「失礼します」と声をかけながら引き戸を開けた。

教室二つ分くらいの広さの職員室は、学年毎に机の島ができていた。

どの教師の机も、雑然と積み上げられた資料やファイルに半ば埋もれそうになっている。

氷樫の声で振り向いた尾崎が、もう来たのかと驚いたような顔で見た。

煙草の匂いが染みついている埃っぽい職員室の中を、氷樫は尾崎の机目指して歩いていった。

その後ろを、村雨がのっそりとついてくる。

「早いな。なかなか、いい心がけだ」

机の上の出席簿や教科書を脇へ押しやり、尾崎は横柄な口調で言った。

「どうして呼び出されたか、分かってるか？」

氷樫の傍らに立った村雨は、例によってズボンのポケットに両手を突っ込み答えようとしない。

仕方なく、氷樫が「授業に集中していなかったからですか？」と問うように答えた。

「分かってるなら、どうしてちゃんとしないんだ。お前ら、人生舐《な》めてるだろう」

村雨がどう考えているかは知らないが、氷樫は人生を舐めているつもりはなかった。

ただ、集団生活にどうしても馴染めないのだ。

皆と同じ制服を着て、同じ教科書を広げ、一緒に授業を受けていても、なぜか教室内で自分だけが異分子のような気がして居心地が悪くてならない。

だから、つい逃げだしたくなってしまうのだ。

でも、そんなことをここで尾崎に説明しても、どうせ理解してはくれないだろう。

これまでの、充分過ぎるほどの経験で思い知っている。

「いいか、人生ってのは、日々の積み重ねが大切なんだ」

ああ、はいはい――。

内心の辟易が表に出ないよう、氷樫が辛うじて神妙な面持ちを保ったまま黙ってうなずいた時、向かい側から思いがけない声がかかった。

「あらぁ、今日はまた、珍しい組み合わせで叱られてるじゃな～い」

場違いなほど甘ったるい声は、英語を教えている関口《せきぐち》だった。

ぽっちゃりと丸い顔に大きめの眼鏡《めがね》をかけた関口は、女性なのにポン太とあだ名されている。

お嬢様学校で知られた女子大出身らしく、おっとりした性格で少々天然なところのある教師だった。

「氷樫君と村雨君が仲良しだなんて、ちっとも知らなかったわぁ」

一緒に職員室に呼びだされただけで、どうして仲良しにされなくてはならないのか。冗談ではないと、氷樫はむっとしてしまった。

「…別に……」

仲良くありませんから。即座に訂正しようとした氷樫の機先を制し、傍らの村雨が「先生が知らなかっただけだよ」と言ってのけた。

ぎょっとして咎《とが》めるように顔を向けた氷樫に、村雨は平然と笑い返してきた。

「俺たち、気が合うんだよな」

啞然《あぜん》として言葉もない氷樫に、関口が無邪気に追い打ちをかける。

「氷樫君。仲良しなら、村雨君にお勉強を教えてあげなさいな。それが、お友達ってもんでしょ」

「えっ……」

「そうだ、それがいい。関口先生、いいことを言うじゃありませんか。村雨、お前、まともに進級したいと思うなら、氷樫に勉強を見てもらえ」

まさか尾崎まで、関口の尻馬に乗るとは思わなかった。

「あ、あの……」

「そうします」

とんでもない展開に惘然《ぼうぜん》とする氷樫を置き去りにして、村雨がらしくもない殊勝な声で答えた。

「よかったわね、村雨君。氷樫君が家庭教師につけば、鬼に金棒じゃなぁい」

ちっともよくない、と氷樫は胸の裡で毒づいた。

そもそも、俺は村雨と親しくもなんともない。それに、教えるとは、まだ一言も言っていない。

でも、今ここで氷樫が拒否するようなことを言いだせば、かえって話がこじれて面倒くさくなるだけなのは目に見えている。

「村雨君、やっぱり、持つべきものはお友達だわねぇ」

「そうですね」

おいおい――。

関口と村雨の頭痛のするようなやり取りに、四時限目の開始五分前を告げる予鈴が被《かぶ》さった。

「おっ、なんだ、もう時間か。お前ら、もう行っていいぞ。ちゃんとさぼらないで授業に出るんだぞ。いいな！」

「……はい」

釈然としない思いのまま一礼すると、氷樫は村雨とともに職員室を出た。

ふたり並んで廊下の端まできたところで、村雨が突然、堪えきれないように笑いだした。

「何がおかしいんだよ！」

「だって、ポン太のヤツ、俺たちが一緒に呼びだされただけで、仲良しのお友達だって決めつけてんだぜ。ポン太の妄想力には負けるぜ」

「否定しなかったのは、村雨だろう！」

苛立《いらだ》ち紛《まぎ》れに言い返した氷樫を、村雨は面白そうに振り向いた。

「否定して欲しかったのか？」

「……べ、別にそういうわけじゃ……」

さすがにそうだとは言いかね口ごもった氷樫を、村雨は思いがけないほど人好きのする笑みを浮かべて見ている。

「なら、いいじゃねぇか。さて、また屋上で暇でも潰すか」

「勝手にしろ。俺は授業に出る」

「なんだ、そうなのか？　ふうん」

当てが外れたような顔をした村雨を置き去りにして、氷樫はさっさと階段を上り始めた。

「仕方ねぇな……」

何が仕方ないのか知らないが、村雨がぶつぶつ言いながら追いかけてきた。

「じゃ、俺もつき合ってやるよ」

「別につき合ってくれとは言ってない」

そっぽを向き無愛想極まりない返事をした氷樫を、村雨は階段を二段飛ばしにして追い抜くと、踊り場から余裕の笑みを浮かべ振り向いた。

「冷たいこと言うなよ。俺たちは仲良しのお友達なんだろ。ほら、早くしないと遅れるぞ」

得意げに言う村雨をムッとして睨み返してから、氷樫は思わずクスッと笑ってしまった。

そして、この学校に入学してから、学校で笑ったのは初めてかもしれないと思っていた。


地裁を出て地下鉄を乗り継ぎ、氷樫は事務所のある新橋《しんばし》へ戻った。

ここ数年、夏が来る度に記録的猛暑と騒がれている気がするが、今年の夏の暑さもひとしおだった。

何しろ、まだ梅雨明けもしていない七月から、すでに猛暑日が襲ってきたのだから堪らない。

七月も末になり、いよいよこれから夏本番かと思うと目眩《めまい》がしそうになる。地下街から地上へ出てくると、夕方の五時を回ったというのに、街にはまだ湿度の高い熱気が籠《こ》もって、まるで街ごとサウナにでもなったようだった。

サラリーマンやＯＬが行き交うＳＬ広場を横切って、氷樫は御朱印《ごしゅいん》がカラフルで可愛《かわい》いと最近評判になっているらしい烏森《からすもり》神社の方へ歩いていった。

烏森神社近くの雑居ビル、一階に花屋の入った五階建てビルの最上階に、氷樫法律事務所はあった。濃いブラウンのガラスドアに、『氷樫法律事務所』と白いプレートが貼り付けてある。

氷樫がドアを開けると、ドアチャイムが軽やかなメロディを奏でた。

十坪あまりの部屋にミニキッチンとトイレが付随した、それほど広い事務所ではない。入ってすぐにカウンターがあり、部屋の中央に応接用のソファセットが置いてある。依頼人のプライバシー保護のため、カウンターと応接セットの間には、目隠しとして半透明のパーティションが設置してあった。

ドアチャイムの音を聞いて、パーティションの陰から、秘書の根本《ねもと》が迎えに出てきた。

最近、髪に白いものがちらほら混じり始めた根本の本業は司法書士だが、法務事務から雑用まで、事務所の一切合切を取り仕切ってくれている、氷樫法律事務所ただひとりの事務スタッフである。

実直そうな細面の顔に縁なし眼鏡をかけた根本は、秘書というより、執事という形容が一番似合っているように見えた。

「お帰りなさい。どうでした？」

「懲役三年」

素っ気ない返事にも拘わらず、根本は眼鏡の奥の優しそうな目を細め穏やかに微笑《ほほえ》んだ。

「先生の想定通りですね」

「そうでなくちゃ困る」

微かな含羞《がんしゅう》を滲ませ答えると、氷樫は脱いだ上着を応接用のソファに放り出した。

ネクタイを緩めながら、窓際に置いた自分の両袖机へ歩み寄る。

「お留守中に、笹川《ささがわ》先生からお電話がありました」

「笹川先生から？」

つい嫌そうに振り向いた氷樫に、根本は窘《たしな》めるような笑みを浮かべ静かにうなずいている。

笹川弁護士は、氷樫がまだ駆け出しだった頃、イソ弁として働いていた弁護士事務所の所長である。

現在も若手の弁護士を数人抱え、刑事から民事まで精力的に活動していた。

氷樫に弁護士のイロハを教えてくれた笹川には、独立した今も目をかけてもらっている。

でも、笹川から連絡がある時は、たいていがあまりいい話ではない。

「ぜひとも、先生にお願いしたい案件があるそうです」

根本は、氷樫が予想した通りのセリフを言った。

「やっぱりな。どうせ、つまんない案件なんだろう？」

本来なら、仕事を紹介してくれるのだからありがたい話のはずなのだが、氷樫は弁護士として面白いと思える案件しか引き受けたがらなかった。

逆に言えば、興味をそそられる案件なら、まるっきりの持ち出しだと分かっていても、損得勘定など度外視して引き受けてしまうのだが——。

「そう仰らず、来るもの拒まずでお引き受けいただかないと」

正直なところ、氷樫の仕事に対するスタンスがそんなだから、事務所の経営状況はあまり楽ではなかった。少々古めの雑居ビルとはいえ、新橋の駅近くに事務所を構えるには、それなりの経費がかかるのである。

「だから、今回の案件も引き受けたじゃないか」

駄々っ子のような返事にも、根本の柔和な表情は少しも変わらない。

「ですから、笹川先生のご依頼案件もよろしくお願いします」

「この間会った時、最近は泥沼の離婚相談が多くて、なんて嘆いていたけど。まさか離婚調停じゃないだろうな。だとしたら、俺は絶対に嫌だよ」

「さあ、内容までは伺いませんでしたので。でも、さすがの笹川先生も、先生に離婚調停を依頼されるほどチャレンジャーではないと思いますが」

至極真面目な口調でさらりと言われ、氷樫は思わず根本をまじまじと見つめ返した。

根本は平然とした顔で、氷樫の前に立っている。

確かに、氷樫は男女の機微には怖ろしいほど疎《うと》かった。

駆け出しのイソ弁時代、氷樫は離婚訴訟や婚約不履行などの案件で、恋愛経験の絶対的な不足から思わぬ敗訴をしたりして何度も痛い目に遭っていた。

笹川にも、『弁護士として経験を積むのも大事だが、氷樫君はまず健全な恋愛をするべきだね』などと呆れられてしまった話は、氷樫が独立した今も笹川事務所の語りぐさになっているようだが、どうやら噂は根本の耳にまで届いていたらしい。

「とにかく、笹川先生には、必ずご連絡なさってください」

こほんと空咳《からせき》をして、根本が生真面目な念押しをした。

「はいはい……」

毒気を抜かれたようにしぶしぶうなずいて、氷樫はデスクチェアにどさりと座り込んだ。

「コーヒーをお淹《い》れしましょう」

根本は氷樫が放り出した上着を木製のコートハンガーにかけると、ミニキッチンへ入っていった。

やれやれとため息をついて、氷樫は机の上に置かれた郵便物の束《たば》に手を伸ばした。

現実に起きる事件は、そうそうドラマチックでもミステリアスでもない。たいていは陳腐で愚かしく、だからこそ哀《かな》しい事件ばかりである。

今回の事件も、当番弁護士として所轄署へ接見には出向いたが、事件としては面白みのない、特別食指の動く案件ではなかった。

被告の方にも資金がないようだし、あとは国選弁護士を頼むだろうと思っていたら、氷樫の評判を知った被告の姉が、ぜひ弁護をお願いしたいと事務所を訪ねてきたのである。

道を踏み外してばかりの弟を、なんとか真っ当にしたいと心を砕く姉の姿は痛々しく健気《けなげ》だった。

『せっかくあちらから見えたお客様を、逃がすようなことをしてはいけません』

根本にそう尻を叩かれて引き受けたのだが――。

でも、おかげで村雨と再会できた。

郵便物を仕分けしていた手を止め、氷樫は視線を揺らした。

十八年の空白を飛び越えて突然現れた村雨は、髪を茶色に染めていきがっていた不良少年から、一足飛びに逞《たくま》しく精悍《せいかん》な大人の男に変貌していた。

「……七尾のサメ…か……」

「七尾のサメが、どうかしたんですか？」

ちょうど、コーヒーを淹れてきてくれた根本が、訊き咎めるように言った。

「…えっ？　いや……」

なんでもないと首を振りかけ、氷樫は根本の方へ視線を巡らせた。

コーヒーの入ったマグカップを載せた盆を持ったまま、根本は不自然に固まってしまっている。

「根本さん、七尾のサメって知ってるの？」

「会ったことはありませんが、噂は耳にしたことがあります」

ようやく強張《こわば》りが解けたようにマグカップを氷樫の前に置き、根本は眉を顰《ひそ》めるように答えた。

「…噂って、いつ……」

「例の債務整理の件の時に……」

根本は以前、ヤクザが絡んだ債務整理のトラブルに巻き込まれたあげく、懲戒処分まで受けそうになったことがあった。

「でも、あの時のトラブルの相手は、七尾組じゃなくて浅井《あさい》組だったよね？」

「そうです。でも、浅井組と七尾組は、組長同士が兄弟の盃を交わしているんです」

「兄弟の盃……」

いきなり一昔前の任侠映画のようなセリフが出てきて、氷樫は面食らった。

薄く口を開けた氷樫に、根本は淡々とした口調で説明してくれた。

「一口に兄弟分といっても、『五厘下がり《ごりんさ》』とか『四分六《しぶろく》』『七三《しちさん》』とか、割合にいろいろ差があるんです。で、その差が開くほど、服従関係が強まるんだそうです」

「……なるほど。それで、浅井組と七尾組は、どっちが上なんだ？」

「確か、五分《ごぶ》の兄弟と聞きました」

「五分っていうことは、対等ってことなのかな？」

根本は小さくうなずいた。

「ええ。だから、兄貴とか舎弟じゃなくて、お互いに兄弟って呼び合うんだそうです」

「ふうん、兄弟か……。根本さん、詳しいんだね」

感心している氷樫に、根本はしかめっ面で首を振った。

「こんなことに詳しくたって、なんの足しにもなりませんよ」

「すると、組長同士が兄弟分だから、浅井組のトラブルに、七尾組が首を突っ込むというか手を貸すこともあるってことなのか……」

「さあ、その辺はハッキリしませんが……。あの時、この問題が拗《こじ》れて浅井組が恥をかくことになると、親戚筋の七尾組も黙っていないとは言われました。その上で、七尾組には『七尾のサメ』と呼ばれている武闘派の男がいる。お前なんか、すぐに攫《さら》われて埋められてしまうぞって。そう、脅されたんです」

その時の恐怖を思い出したらしく頬を引き攣らせ、根本は身震いしている。

「…七尾のサメは、そんなに恐ろしい男なのか……」

「いずれ七尾組を背負って立つことになるだろう、と目されている男だそうですよ」

まさか、という言葉を、氷樫は辛うじて飲み込んだ。

確かに村雨は喧嘩っ早い男だったが、よもやそんな凶暴なヤクザになっていようとは――。

「…もしかして……、俺のせいなのか……」

唇を噛むように呟いた氷樫に、根本が驚いたように強く首を振った。

「違いますよ。先生のせいなんかじゃありません。あの時、先生が助けてくださらなかったら、わたしは本当に埋められていたかもしれません。先生は、わたしの命の恩人です」

「あ、いや、命の恩人は大げさだよ。それに、俺が言ってるのはその話じゃなくて……」

慌てて否定してから、どう説明すればいいのか氷樫は口ごもった。

「…先生……？」

黙ってしまった氷樫を、根本が訝《いぶか》しげに見ている。

根本の話を聞いた後では、村雨は高校時代の同級生だとも言いかねた。

それに、自分が知っているのは十八年前、まだ高校生だった村雨である。しかも、氷樫が村雨と一緒に過ごしたのは、ほんの三か月足らずの短い間に過ぎない。

まだ怪訝そうな顔をしている根本に曖昧な笑みを浮かべて首を振ると、氷樫はコーヒーを飲んだ。

淹れ立ての熱いコーヒーから、ふわりと漂った芳香に肩の力も抜けていく気がする。

ふぅっと息をついて、氷樫はもう一口コーヒーを啜《すす》った。

喉元から胸へと、熱い液体が流れ落ちていく。

確かに高校時代の村雨の素行は、お世辞にも褒められたものではなかった。

喫煙や飲酒も堂々とやっていたし、教師にも反抗ばかりしていた。

だが、村雨は不良少年ではあったが、ワルではなかったはずだ、と氷樫は思った。

腕っ節に自信があったからか、とにかく喧嘩っ早くて口より先に手が出る男だった。

それでも、村雨は時々、氷樫がハッとするほど人懐っこく素直な表情を見せることがあった。

村雨は一見粗暴に見えるが、実は胸の裡に青臭いくらいの潔癖さを秘めているのではないか——。

そう感じた氷樫の直感は外れてはいなかったと、あの夏の夜に確信したはずだった。

脳裏に、職員室でポン太に仲良しと決めつけられたあとの、村雨の弾けるようだった屈託のない笑い声が蘇ってくる。

そして——。

舌を刺す煙草の苦味と、やわらかく湿っていた唇の感触。

思わず、指先で自分の唇をなぞると、胸の奥がざわりと揺れた気がした。


職員室へ一緒に呼び出されるという不測の出来事のあとも、氷樫と村雨の距離はそれほど一気には縮まらなかった。

そもそも、同じクラスにいながら屋上で出逢《であ》うまで、なぜ氷樫は村雨の存在に気づかなかったのか。

それは、村雨が入学式当日に、上級生と殴り合いの喧嘩をしていたからだった。

入学式終了直後に、上級生三人と取っ組み合いになり、結果、村雨ひとりで三人ともボコボコに伸してしまったという衝撃的な事件は、一年生の間では有名な話で、知らなかったのは恐らく氷樫ただひとりだけだった。

中学時代の知り合いもなく、入学後すぐに遅刻、早退、欠席を繰り返すようになった氷樫に、そんな噂話をしてくれる友達は誰もいなかったのである。

村雨の方も、せっかく高校に入学したその日に二週間の自宅謹慎を申し渡され、謹慎が解けた後も学校は休みがちだったらしい。

要するに、お互いに擦《す》れ違っていたのである。

関口に、村雨に勉強を教えてやれと言われたが、氷樫にその気はさらさらなく、村雨からも教えてくれと頼まれることもなかった。

それでも時計塔の裏で顔を合わせると、互いに言葉を交わすようにはなった。

もっとも、話しかけてくるのはいつも村雨の方で、それに氷樫が一言、二言、素っ気ない返事をする程度だったが——。

教室などで、他の生徒にあれこれ話しかけられると煩わしくて逃げだしたくなってしまうのに、不思議なことに村雨の存在を氷樫は鬱陶《うっとう》しいとは思わなかった。

そんな風に感じることは初めてだったから、氷樫自身、戸惑う気持ちもなくはなかった。

それでも、氷樫は時計塔の裏へ行くのをやめようとはしなかった。

氷樫が村雨を避けたり拒絶したりしなかったのは、村雨が氷樫に対しよけいな詮索をいっさいしなかったからだった。

クラスの中で、氷樫が浮き上がり孤立していることに、村雨も気づいているはずだった。

でも村雨は、どうしてそうなったのかとは訊かなかったし、氷樫の私生活についても立ち入ってこようとしなかった。

そればかりか、時計塔の裏ではほぼ村雨からの一方通行ながら言葉を交わすようになったのに、教室ではまるで氷樫の意を汲《く》んだかのように一言も話しかけてこない。

村雨が不必要に馴れ馴れしくしてこなかったおかげで、氷樫の村雨に対する警戒心は、薄紙をはがすように薄れていった。

一方で、職員室に呼びだされてから、氷樫を見るクラスメートの目は劇的に変わっていた。

変わり者だが人畜無害だと思っていた氷樫が、実は粗暴で喧嘩っ早い村雨と親しかった――。

話の出所は、言わずとしれた英語担当の関口だが、教師の口から聞かされた話には、単なる噂話よりずっと信憑性《しんぴょうせい》と説得力があった。

もちろん、少々天然な関口に悪気はなかったのだろうが、クラスの中には驚きと動揺が広がった。

テニスボールだと思っていたら、実は爆弾だったというような衝撃である。

それまで、クラスの誰もが、氷樫なら、ちょっとした憂さ晴らしや八つ当たりの標的にしても構わないと思っていた。

学校を休んでばかりのくせに、いつだってテストは満点で、そのせいで教師は苛つき不機嫌になり、よそのクラスならされない当て擦りの説教まで聞かされなければならなかった。

何より、クラスの誰とも親しくしようとせず、いつだって我関せずといった顔をしている。

級友たちが、氷樫のことをつき合いづらくて、いけ好かないヤツだと感じたとしても無理はない。

成績がいいからって、お高くとまってるんだよ。

級友たちは皆、やっかみと反発が綯《な》い交《ま》ぜになった陰口を囁《ささや》き合っていた。

だから、ちょっとくらい意趣返しの嫌がらせをされたって、そもそもクラスに溶け込もうとしない氷樫が悪いのだ、という論法である。

庇ってくれる友達もなく、腕力もなさそうな氷樫なら、仕返しをされる心配も百パーセントない。

そう思って安心していたのに、いつの間にか、よりにもよって喧嘩っ早くて腕っ節の強い村雨と親しくなっていたとは——。

氷樫を苛《いじ》めると、村雨にボコられるらしいという噂は、あっと言う間に、クラスどころか学年中に広まった。おかげで、氷樫はすぐ傍《そば》で当て擦りの悪口を言われることも、擦れ違いざまに蹴られたり肘打ちを食らうこともなくなった。

逆に言えば、氷樫はそれまで以上に、クラスの中で孤立してしまったと言うことである。

普通なら居たたまれない状況だが、氷樫は何事もない顔で淡々とやり過ごしていた。

もっとも、相変わらず遅刻、早退が多く、朝からきちんと出席するのは週に一度あればいい方だったから、我慢するほどの時間を校内で過ごしていなかったとも言えた。

その日も、二時限目の現代文の授業を終えると、氷樫はさっさと帰ろうとした。

本当は次の数学も出るつもりだったのだが、息苦しくて教室にいるのがどうしても堪えられなくなってしまったのである。

学校の正門まで歩いてくると、村雨が坂を上ってくるのが見えた。

例によって、ズボンのポケットに両手を突っ込み、少し猫背気味に歩いてくる村雨の姿を、氷樫は立ち止まって見つめた。

もしかして、今日、あんなにも教室に居場所がないと感じたのは、村雨がいなかったせいかもしれない。ふとそう思ってから、氷樫はそんな風に考えた自分にひどく驚き、少し呆れた。

「そんなわけないだろ」

声に出して呟いて、氷樫は大股で歩きだした。そのまま、何も言わず素知らぬ顔で擦れ違おうとした氷樫に、村雨が声をかけた。

「なんだよ。今日はもう帰るのか？」

「うん」

足を止めずにうなずいた氷樫の腕を、村雨が素早く摑んだ。

「どこへ行くんだよ」

今日は、時計塔の裏へは行かないのか。そう訊かれた気がした。

振り向くと、茶色の前髪の間から、村雨の黒い目が真っ直ぐに見つめていた。

視線が突き刺さってくるようだ、と氷樫は思った。

「どこだっていいだろ」

摑まれた腕を振り解き、ことさら突《つ》っ慳貪《けんどん》に答えると、村雨は肩を竦めた。

「氷樫がいないんなら、出てくるんじゃなかったな」

「だったら、村雨も帰ればいいじゃないか」

「そうか。そうだな」

意外にも、村雨はあっさりうなずくと、回れ右をしてさっさと歩きだした。

まさか、本当に帰ってしまうと思わなかったから、氷樫は啞然としてしまった。

一メートルあまり歩いたところで、村雨は突っ立ったままの氷樫を振り向いた。

「早く来いよ」

「えっ……」

「海へ行こうぜ、海」

いつもの氷樫なら、なんで俺が一緒に行くんだと即座に反発するはずなのに、この時はなぜか、どうしようかな、と一瞬迷った。

海なんて、もう何年も行っていなかった。

小学校の頃は、父親が忙しい仕事の合間を縫い、家族サービスで海やプールへ連れていってくれた。でも、中学へ上がると、父親はますます多忙になり夏休みでさえ九月にずれ込むことも多くなり、家族旅行に出ることもままならなくなった。

もっとも、思春期になった氷樫自身も、親と一緒に旅行したいとは思わなくなっていたが——。

「何してんだよ」

戻ってきた村雨に手を引っ張られると、氷樫は逆らわずそのまま歩きだしていた。

制服のまま海岸線沿いを走る電車に乗り、ふたりは海へ出かけていった。

海水浴シーズンにはまだ早く、平日の午前中のせいか、浜辺に人はそれほど多くなかった。

小さな子供を遊ばせている若い母親や、老人が犬と一緒にのんびりと散歩しているくらいである。

砂浜に並んで腰を下ろすと、ふたりは黙って海を眺めた。

沖合を、ウインドサーフィンのセイルが滑るように進んでいく。

カチッとライターの音がして、煙草の匂いがふわりと漂った。

「いい天気だな……」

真っ青な空に向かって紫煙を吐きだしながら、村雨が言った。

眩しげに空を見上げる村雨の横顔を、氷樫はそっと窺《うかが》うように見た。

村雨は氷樫にあれこれ訊かない代わりに、自分のことも何も話さなかった。

それは多分村雨が、触れられたくない何かを抱えているからに違いない。

自分が訊かれたくないから、村雨は氷樫にも訊かないのだ。

村雨がどんな事情を抱えているのか、気にならないと言ったら嘘《うそ》になる。

でも、氷樫も何も訊かなかった。ズカズカと土足で踏み込むように、あれこれ詮索される苦痛は、氷樫だってよく知っている。

村雨が話していいと思うことなら、訊かなくても話してくれるはずだった。

何も言わないということは、絶対に話したくないか、まだ氷樫のことをそこまで信用していないかのどちらかだろうと思うが、どっちでも構わないと氷樫は思っていた。

どうせ、いつまで村雨と同級生でいられるか分からないのだ。

ここへ引っ越して来てから、もうすぐ一年が経とうとしていた。父親は、二年で異動になることも珍しくなかった。だとすると、来年の秋にはまた引っ越しという可能性も充分あり得る。

氷樫がいなくなっても、村雨はあの時計塔の裏でこっそり煙草を吸い続けるのだろうか――。

ふとそう思ったら、胸の裡をスッと風が吹き抜けた気がした。

思わず顔を向けた氷樫を、村雨が怪訝そうに見た。

「どうかしたか？」

「別に……。ここは暑いな。どこか日陰はないかな」

立ち上がり、尻についた砂を両手で払うと、氷樫はきょろきょろと辺りを見回した。

少し離れたところに、大きな松の木が植えられていて、そのすぐ傍に東屋《あずまや》があった。四方の柱に葺き下ろしの屋根がついただけの簡素な東屋だが、遮る物の何もない砂浜で直射日光を浴びているよりはずっといいだろう。

「あそこへ行こう」

氷樫が指さした方を見て、村雨もうなずきながら立ち上がった。

松の木陰にあるせいなのか、東屋の中はひんやりとして少し湿っていた。木製の腰壁に、ベンチが作りつけられている。

そこへ、背負っていたデイパックを下ろすと、背中からスーッと熱が逃げていくのが分かった。ため息をついてベンチに座り込み、氷樫は腰壁にもたれ海の方へ目を向けた。

「どこか遠くへ行きたいな……」

ついいつもの口癖がこぼれ出て、氷樫は慌てて口を噤《つぐ》んだ。

聞かれたかと思ったが、一緒に歩いてきたはずなのに村雨の姿は見えなくなっていた。どこへ行ったのかと思っていると、村雨がのっそりと東屋の中へ入ってきた。

「ほら……」

差し出されたのは、スポーツドリンクのペットボトルだった。どこか自動販売機でも見つけて、買ってきてくれたらしい。

受け取ったペットボトルは、露を纏って冷たく濡《ぬ》れていた。

「ありがとう。……お金……」

「奢《おご》ってやるよ」

「…いいの？」

「誘ったのは俺だからな」

「悪いね」

カラカラに干涸《ひか》らびていた喉を、よく冷えたスポーツドリンクが心地よく流れ落ちていく。

氷樫の隣に座り込み、村雨は自分も喉を鳴らしてスポーツドリンクを飲んでいる。

「あー、どっか遠くへ行きたいよなー」

手の甲で唇を拭《ぬぐ》いながら、村雨が不意に言った。

驚いて顔を向けると、村雨は目を眇めるようにして遠く水平線を見つめていた。

その横顔が、思いの外大人びて見えて、氷樫はちょっとドキッとしてしまった。

「…ん？　どうかしたか？」

「別に……」

ドギマギと視線を逸らした氷樫の耳元で、またライターの音がして煙草の匂いがした。

「煙草、あんまり吸い過ぎない方がいいぞ」

村雨は嫌そうに顔をしかめた。

「姉貴とおんなじこと言うんだな」

村雨が自分の個人的なことを口にしたのは初めてだったから、氷樫は驚くより狼狽《ろうばい》してしまった。

「なんだよ……」

「…いや……、お姉さんがいるのか……」

「ああ。お節介で、やたら口うるさいのがひとり」

しかめっ面とは裏腹に、声音《こわね》には慕わしげな温《ぬく》もりが感じられた。

本当は、村雨は姉を大切に思っているのではないか、と思ったけれど、口にはしなかった。

村雨もそれ以上のことを話すつもりはないらしく、黙って煙草を吹かしている。

それでも、氷樫は自分と村雨を隔てていた見えない幕のような物が、少しだけ開いたような気がしていた。だからなのか、氷樫も何の気負いもなく、さらりと話を続けた。

「でも、いいよ。俺なんかひとりっ子だから、姉弟《きょうだい》がいるのは羨《うらや》ましいよ」

「そうかな……」

「…そうだよ……」

話はそれで終わりだったが、それまでにないゆったりとした空気がふたりを取り巻いていた。

「さっき、どこか遠くへ行きたいって言っただろう？」

氷樫が訊くと、村雨は紫煙を吐き出しながら黙ってうなずいた。

「遠くへ行くなら、何に乗っていきたい？」

「は？」

多分、氷樫の問いは予想と少しズレていたのだろう。煙草をくわえたまま、村雨はきょとんとして氷樫を見ている。

「だからさ、船がいいか、飛行機にするか……」

すると、氷樫の言葉を遮るように、村雨は「行くなら電車だな」と断言した。

「電車？　どうして？」

「船や飛行機じゃ、途中で簡単に降りられないだろ。電車なら、いつでも好きな時に降りてばっくれられる」

「…ふうん……」

「氷樫はなんに乗っていきたいんだ」

「俺は……」

言いかけて、氷樫はちょっとだけ迷った。

「なんでもいいや。遠くへ行けるなら、なんでも構わない」

船に乗って世界一周などと、当たり障りなく言い繕《つくろ》うのをやめて、思ったままを口にした。

「ずいぶん、刹那的なんだな」

「村雨に言われたくないね」

わざと口を尖らせそっぽを向いた氷樫の顔を、村雨が目を細め面白そうに覗《のぞ》き込んでくる。

いつもより、村雨との距離がすごく近い――。

そう思った時、不意に肩に手をかけられ引き寄せられていた。

「えっ……」

呟きは、重ねられた村雨の唇に吸い込まれていった。

何が起きているのか、すぐには理解できなかった。

驚きに薄く開いたままの氷樫の唇に、村雨がそっとやわらかく包み込むように口づけている。

見開いたままの目の前に、思いの外長く密生している村雨の睫毛《まつげ》があった。

真っ白になった頭の中で、何かの警告のように小さな光が明滅している。

金縛りに遭ったように硬直していた氷樫の耳に、遠く波打ち際ではしゃぐ幼子の声が響いた。

それは一瞬の出来事だったのか、それとも長い時間が経ったのか、息をするのも忘れていた氷樫から、村雨が静かに唇を離した。

「…目を閉じて……」

耳元で、村雨が密《ひそ》やかに囁いた。

混乱から抜けきれず、目を瞬《しばた》かせた氷樫を宥《なだ》めるように、村雨はもう一度低く言った。

「目を閉じて……」

見つめてくる村雨の視線から逃れるように氷樫が目を閉じると、再び村雨の唇が重なってきた。

視界が遮られたせいなのか、今度は村雨の唇の感触が、一度目よりもよりリアルに感じられた。

村雨の舌が、氷樫の唇をこじ開け、口腔《こうこう》へ入り込んでくる。

スポーツドリンクの味に混じる、煙草の苦味――。

どうしていいか分からず逃げ惑う氷樫の舌に、村雨はやんわりと絡みつきまさぐり始めた。

そのぬめぬめと生暖かい感触で我に返り、氷樫は村雨を突き飛ばし立ち上がった。

惘然と目を見開いている氷樫を、ベンチに座ったまま、村雨は余裕の笑みを浮かべ見上げている。

「…どう…し……て……」

辛うじて喘《あえ》ぐように絞り出した声は、喉に絡んでうまく言葉にならなかった。

口の中に、まだ村雨の舌の感触が生々しく残っている。

村雨は何も言わなかった。ただ黙って、じっと氷樫を見つめている。

肩で大きく息をして、氷樫はベンチに置いてあったデイパックを乱暴に取った。

弾《はず》みでスポーツドリンクのペットボトルが転がり落ち、まだ残っていた中味が床に流れ出た。

コンクリートの床に黒々と染みのように広がる液体を見た途端、氷樫の中で何かが弾けていた。ものも言わずに身を翻《ひるがえ》すと、氷樫は東屋を飛び出し走り出した。

砂に足を取られ転びそうになっても、息を切らしながら無我夢中で走り続けた。

どうしてこんなに走っているのか、自分でもよく分からなかった。

ただ単に村雨から逃げ出したいのか、それともまさか村雨がこんなことをするとは思わなかったからか。うかうかこんなところまで、ついてきてしまった自分が腹立たしいだけなのか――。

村雨はどうしているのか、氷樫を追いかけてきているのか、何も分からない。

とにかく、駅までの道を走って走って、必死に走り続けた。


翌日から、氷樫は村雨を徹底的に避けた。時計塔の裏へ行くのも、ピタリとやめてしまった。

授業中に村雨の視線をうなじに感じることがあっても、頑ななまでに振り向かず無視し続けた。

意外なことに、キスされたことに嫌悪感はなかった。

ただ、あまりに突然だったので、それをどう受けとめればいいのか分からなかった。驚きと羞恥《しゅうち》が綯い交ぜになって、氷樫を混乱させていた。

さすがに、氷樫の拒絶の態度に思うところがあったのか、幸いなことに村雨から話しかけられることもなかった。

おかげで、表面上は何事もなかったように時間が流れ、期末テストも無事に終わり、例によって氷樫は学年トップの成績を収め、そして学校は夏休みに入った。

これで、約一か月半、村雨に会わなくてすむ。ホッとする気持ちの奥に寂しさが潜んでいる気がしたが、氷樫は敢えて目を逸らし考えないようにした。

あとは時間が解決してくれると思っていた氷樫が、図らずも村雨と出会してしまったのは、夏休みに入って十日ほど経ってからだった。

図書館へ行った帰りの電車で、氷樫は文庫本を読んでいた。

今日は朝から一日中、図書館で本を読んできたのに、自分でもよく飽きないと呆れるが、少しでも時間があるとつい本を開いてしまう。

図書館では、書店では手に入りにくい海外ミステリーのハードカバー本を思う存分読み、ついでに夏休みの課題もこなしてきた。氷樫としては、夏休みの至極正しい過ごし方である。

夕方のまだ早い時間のせいか、車内は比較的空《す》いていた。

車掌の独特の抑揚《よくよう》をつけたアナウンスが、電車が停車駅に近づいていることを告げている。

ふと顔を上げて確認するように窓の外を見ようとした氷樫は、向かい側の少し離れた席に村雨が座っているのに気づいた。

いったい、どこから乗り込んできたのか。氷樫が乗った時には、確かにいなかったはずだが。

村雨は、まだ氷樫に気がついていないらしい。

久しぶりに目にする村雨の姿を、氷樫はさりげなく観察した。

長い足を組み直すと、村雨は氷樫に背中を向けるように身体を半分捻《ひね》って窓の方へ顔を向けた。

白のTシャツにブルーのパーカーを羽織り、ジーンズを穿《は》いた村雨は、学校の制服姿しか見たことがなかった氷樫の目にとても新鮮に映った。

村雨はひとりではなかった。隣に、明るい茶に染めた長い髪をポニーテールにした、ほっそりと可愛い少女が座っていた。

ホルターネックで胸元にフリルのついたカットソーに、ミニスカートを穿いている。

少女が、村雨の耳に唇をつけるようにして何か囁いた。

すると何がそんなにおかしいのか、村雨は少女の剝《む》き出しの薄い肩と浮き上がった鎖骨の窪《くぼ》みに顔を伏せるようにして笑い始めた。

少女の方も、バングルをいくつもはめた手で、村雨の腿《もも》を叩きながら同じように笑っている。

ふたりは、デートの真っ最中らしかった。

「…ふうん……」

人目も憚《はばか》らない、ふたりの親密な様子を見ているうち、なんとも言えない怒りが込み上げていた。

この間は氷樫にキスをしたくせに、今日は何食わぬ顔で少女と楽しそうにデートしている。

もしかして、あの時の俺は、あの少女の代わりだったのか——。

今すぐにでも、村雨の胸ぐらを摑んで問い質《ただ》してやりたい。

どうしようもなく腹が立って、氷樫が奥歯を嚙み締めた時、不意に村雨がこちらを向いた。

村雨の目が驚きに大きく見開かれ、ついで口許《くちもと》に悪戯《いたずら》っぽい笑みが浮かんだ。

電車はちょうど駅へ到着し、ドアが開いたところだった。

降車予定の駅ではなかったのにも拘わらず、氷樫は衝動的に電車を飛び降りていた。

氷樫の背後でドアが閉まる音がして、電車が軋《きし》むように走り去っていく。

何をやってるんだ、俺は——。

取り残され、ひとりホームに佇《たたず》み、氷樫は項垂《うなだ》れるように俯いた。

どっと押し寄せた疲労感に肩を落とし、自己嫌悪に苦い笑みを浮かべる。何も、こんな過剰反応をすることはなかったのだと思うと、今度は自分で自分に腹が立っていた。

ため息をつき、しょんぼり駅のベンチに座り込んだ氷樫の前に人が立つ気配がした。

のろのろと顔を上げると、腰に手を当てた村雨が笑っている。

「久しぶりだな」

しれっとして言った村雨の唇を、氷樫は睨むように見つめた。

あの唇で、村雨は氷樫のファーストキスを奪ったのだ。

もしかしたら、あの少女とも、村雨は熱い口づけを交わしたのだろうか——。

「何をそんな怖い顔してんだ。どこ行ってきたんだよ」

「…どこだっていいだろ」

「どうしたんだよ。この間キスしたのが、そんなに嫌だったのか？」

「別に……」

そっぽを向いた氷樫の隣に、村雨はどさりと腰を下ろした。両足を投げ出し、前髪をかき上げながら「あー、暑いな……」とぼやく。

それから、俯いた氷樫の顔を覗き込み、「もしかして、初めてだった？」と揶揄するように訊いた。

カーッと耳まで熱くなり、氷樫は屈辱に唇を噛み締めた。口の中に、煙草の苦みが蘇ってくる。

「いいのか？　こんなところで、ひとりで降りちゃって。彼女が一緒だったんだろ？」

精いっぱいの虚勢を張り、氷樫としては嫌みたっぷりに言い返したつもりだった。

一瞬、大きく目を見開いてから、村雨はニヤリと笑った。

「なんだ、お前、妬《や》いてるのか？」

「は？」

「俺が女と一緒だったから、それで怒ってるんだろ」

「ま、まさか……。なんで俺が、妬かなくちゃならないんだよ」

居たたまれず立ち上がりかけた氷樫の腕を、村雨が素早く摑んだ。

「放せよ！　俺は帰るんだ！」

振り解こうとした氷樫に、村雨は「大きな声を出すなよ」と困ったように眉を寄せた。

ハッとして周囲を見回すと、電車を待っている乗客たちが、氷樫と村雨のふたりを遠巻きにしてそっと見ている。

彼らの目には、真面目そうな少年が不良に絡まれているとでも映ったのだろうか。

そんなつもりではなかったと狼狽している氷樫を見て、村雨は仕方なさそうに苦笑している。

「帰るって、お前んち、ここの駅じゃないだろ」

「よ、用事があるんだ」

「それじゃ、つき合ってやるよ」

「ひとりで行くからいい！」

「そんな、つれないこと言うなよ」

氷樫の腕を摑んだまま立ち上がると、村雨は駅の階段に向かって歩きだそうとした。

「…どこへ行くんだ」

「だって、用事があるんだろ？」

振り向きざま、村雨は勝ち誇ったように言った。

ハッとして口を噤んだ氷樫を見て、村雨はにやにやと得意げに笑っている。

「笑うな！」

「喚《わめ》くなよ。俺はてっきり、氷樫に嫌われたと思ったんだ。だから、中学ん時の仲間誘って、憂さ晴らしに遊びに行ってきたんじゃないか。デートじゃないから安心しろよ」

「…あ、安心って……、俺は…別に……」

口籠もり、視線をうろつかせた氷樫の頬を、夕方の生ぬるい風がなぶった。

風は胸の奥へも入り込み、氷樫の心をほんの少しだけかき乱していった。

遠く空の彼方《かなた》から、ジェット機が飛んでいく音が聞こえてきた。

あの飛行機はどこへ向かって飛んでいるのだろう、と氷樫はぼんやり思った。

ああ、どこか遠くへ行きたいな――。

なんの脈絡もなく、氷樫の胸にいつものフレーズがぽかりと浮かんで消えた。

「なあ、せっかく、ここで降りたんだ。どっか、遊びに行こうぜ」

氷樫の顔を覗き込み、村雨は半ば甘えるように誘ってきた。

「…どっかって、どこへ行くんだよ」

上目遣いに訊いた氷樫に、村雨はちょっと考えるように首を傾《かし》げている。

「そうだなあ……。ゲーセンでも行くか」

「ゲーセン……？」

実のところ、氷樫はゲームセンターに入ったことがない。

あまり気が進まないと思うのに、一方でどんなところか覗いてみたいと思う好奇心もくすぐられる。

逡巡している氷樫の顔を見て、村雨は微妙に眉を寄せた。

「もしかして、ゲーセン、行ったことないのか？」

絶滅寸前の珍獣でも見つけたような呆れ口調に、氷樫はプイッと横を向いた。

「村雨とは違うんだ」

「でも、たまにはちゃんと遊ばないとバカになるぞ」

「遊び方が違うって言ってるんだ」

「そうか。じゃ、今日は俺の遊び方につき合えよ」

「なんで俺が、村雨につき合わなくちゃならないんだ」

「そんな拗《す》ねるなよ。せっかく氷樫に会えたと思って、嬉しくて友達放って追いかけてきたのに」

耳元で、とろりと低く甘い囁きがした。

「えっ……」

つい顔を向けると、村雨は人を食ったような笑みを浮かべて肩を竦めた。

そして、ついてこいというように顎をしゃくり、先に立ってさっさと歩きだした。

氷樫がついてくると、信じて疑っていないらしい。

誰がついてなんか行くか——。

自信たっぷりの背中を、横目でちらりと睨んでから、氷樫は拳を握り締めた。

もし……。もしも、村雨と仲直りするとしたら、これが最初で最後のチャンスかもしれない。村雨のいいなりになるのも悔しいが、このまま別れてしまったら、それはそれで後悔しそうな気もする。

階段の降り口で、村雨が氷樫を振り向いた。

何も言わず、ただ振り向いただけだったのに、氷樫は引かれたように歩きだしていた。


初めて入ったゲームセンターはやたら騒々しくて、お世辞にも居心地のよいところではなかった。

村雨が絶対に面白いと太鼓判を押した格闘ゲームにも、氷樫はまるで興味が持てなかった。

何しろ、何度やっても、瞬殺状態で負けてしまうのだから、面白くもなんともない。

三回目でうんざりと匙《さじ》を投げ、氷樫は隣の席でゲームに熱中している村雨を見た。

村雨は、信じられない強さで勝ち上がっている。

なるほど、あんな風に相手を倒すことができれば、確かに爽快だし面白いだろう。氷樫は感心して、しばらく村雨が勝ち進んでいくのを見ていたが、それにもすぐ飽きてしまった。

ため息をついて立ち上がった氷樫を、村雨がちらりと見た。

「どうした？　トイレか？」

それへ曖昧に首を振ると、氷樫は出口の方へ歩いていった。あまりのうるささで、頭痛がしていた。

耳の中でゲーム機の音が乱反響しているようで、もう堪えられない。

階段を降り、ゲームセンターを出ようとした氷樫は、入り口近くに置かれたクレーンゲームの機械に目を留めた。

中に縫いぐるみが詰め込まれたゲーム機の前に、人は誰もいなかった。

アームを操作して、中の縫いぐるみを取るゲームであることくらい氷樫も知っている。

やってみようかな――。

ふと心が動き、残っていたコインを投入すると、氷樫はクレーンゲームにチャレンジした。

一番簡単に取れそうだと目星をつけたウサギの縫いぐるみをめがけ、慎重にアームを操作する。

首尾良く、ウサギの耳を摑むことができた。

「…よし……」

呟いて、そろそろと持ち上げた途端、なぜかウサギはぽとりと下へ落ちてしまった。

「あっ……」

ピンクのウサギが、アクリルケースの中から氷樫をじっと見つめている。

その丸い目に負けん気を刺激され、氷樫はもう一度挑戦した。でも、やっぱりダメだった。

今度こそ、と、三度目の正直に賭《か》ける。アームを動かし、ウサギをしっかり摑もうとするのだが、なかなかうまくいかない。あと少しというところで失敗してしまうと、悔しさも倍増してしまう。

意地になって頑張ったが、手持ちのコインはあっという間に消えていた。

「ちぇ……」

舌打ちしてクレーンゲームから離れようとした時、村雨が追いかけてきた。

「なんだ、ここにいたのか。帰っちゃったのかと思った」

まさに今、帰ろうとしていたところだとは言いかねて、氷樫は「ごめん……」と俯きがちに呟いた。

「これやってたのか」

「けっこう難しいんだな。獲れそうで獲れない」

「どれ狙ってたんだ」

氷樫が、お腹《なか》を上にしてひっくり返っている、ピンクのウサギを指さすと、村雨は「任せろよ……」と呟きコインを投入した。

「こいつは、摑んで取ろうと思っちゃダメなんだよ。いいか、こうやって……」

言いながら、村雨はアームを器用に操作し、ウサギの縫いぐるみをころりと転がした。

まるで、魔法のようだった。氷樫が何度やっても獲れなかったウサギの縫いぐるみを、村雨はたった一度のチャレンジで獲得した。

「ほら」と、村雨は得意げにウサギを差しだした。

「やるよ」

「…えっ……」

「欲しかったんだろ」

別にウサギの縫いぐるみが欲しかったわけではないが、せっかく村雨が獲ってくれたのに、今さらいらないとも言いにくい。

「…………」

「遠慮すんなよ。もっと、他のも獲ってやろうか？」

村雨が氷樫に縫いぐるみを押しつけるように持たせながら、ご機嫌を取るように言った時、背後から下卑た笑い声が響いた。

「なんだ、村雨じゃないか。一緒にいるのは、学校一の秀才、氷樫君かなあ」

「そんなところで、いちゃいちゃしちゃってえ……。見せつけてくれんじゃないの」

振り向くと、ガッチリと図体の大きなニキビ面の少年が数人、にやにやと薄笑いを浮かべながらのし歩いてくる。ぎょっと強張った氷樫を背中に庇うようにして前へ出た村雨が、「なんか用か」と切りつけるように言った。

「せっかくだから、俺らも仲間に入れてもらおうかと思ってさあ」

「悪いな。俺たちは、もう帰るんだ」

「そんな冷たいこと言うなよ」

するりとふたりの背後に回り込んだ少年が、氷樫の肩を抱き込むようにして顔を覗き込んできた。

「氷樫君、村雨なんかほっといて、俺たちといいことしにいかないか」

酒と煙草の匂いが入り交じった息を吹きかけられ、氷樫は本気で吐き気がした。

「触るな！」

村雨の怒声が響き渡った。

氷樫が肩に回された手を振り払うより早く、村雨が体当たりするように少年を突き飛ばした。そして、素早く氷樫の手を摑むと店の外へ走りでた。

「こら！　待てっ！」

後ろから、凄味《すごみ》の利いた声が追いかけてくる。

村雨は、半ば氷樫を引きずるようにして走っていた。村雨に摑まれた手首が痛い。でも、足を止めることはできなかった。

息が上がり、足が縺《もつ》れて転びそうになりながらも、氷樫は村雨に遅れまいと懸命に走り続けた。

メインストリートを外れ、角を曲がり、駅への近道の公園を突っ切ろうとしたところで、ふたりは追いかけてきた少年たちに追いつかれ取り囲まれてしまった。

全部で五、六人はいるだろう。

氷樫はもう、生きた心地がしなかった。足がふるえ、心臓が破裂しそうなほどバクバクいっている。

「俺がこいつらの相手してる間に、駅へ向かって走れ……」

耳元で村雨が低く囁いた。

「で、でも……」

「いいから、行けっ」

背中をドンと押され、氷樫がつんのめるように走りだした時、背後で咆哮《ほうこう》のような唸《うな》り声が響いた。

思わず足を止め振り向くと、村雨がひとりで少年たちに立ち向かっている。

村雨は腕っ節にはかなりの自信を持っているようだが、あまりに相手が多すぎると、氷樫は思った。

このまま、村雨だけを置いて逃げることはできない。

だからといって、自分が戻っても足手纏いになるだけなのは分かりきっている。

どうすればいいのだろう――。

村雨は、氷樫を追いかけようとした少年の足を払って転がすと、容赦なく蹴り上げた。

濁った呻《うめ》き声に怒声が被さり、別の少年が村雨に殴りかかった。

村雨は、膝を曲げ身体を沈めてそれを交わすと、殴りかかってきた少年の顔面に拳を打ち込んだ。

仰《の》け反《ぞ》った少年が崩れるように尻餅《しりもち》をつくのが、まるでスローモーションのようで現実味がない。

殴り合いを止めなければと思うのだが、情けないことに口から心臓が飛び出しそうなほど怖ろしく、足が竦んで動けなかった。

それでも、なんとかしなくてはと氷樫が勇気を振り絞って足を踏み出そうとした時、ひとりの少年が村雨を羽交い締めに抑え込んだ。

顔面を殴られ、ボタボタと鼻血を流している少年が、ペッと真っ赤な唾《つば》を吐き捨てるのが見えた。

「てめえ、一年のくせに生意気なんだよ」

重そうな拳が、村雨の身体に叩き込まれる。

「思い知らせてやるからな！」

そう勝ち誇ったように言ってもう一度殴ろうとした少年の腹を、村雨が豪快に蹴り飛ばした。ほとんど同時に、背後から抑え込んでいる少年に仰け反るように頭突きをする。

「うわっ！」と叫んで少年の手が弛んだ隙に、村雨は自由になったが、さすがに疲れたのかガクリと地面に膝をついてしまった。

「この野郎っ！」

それを見て、腹を蹴られた少年が、憎々しげに叫びナイフを振りかざした。

ナイフを振り回す少年に、村雨は素手で立ち向かっている。

それを見た瞬間、氷樫の中にかつてない凄まじい衝動が沸き上がっていた。

村雨が殺されてしまう！　村雨を助けなければ！　なんとしても助けなければ！

「警察呼んだぞーっ！　警察だーっ！」

腹の底から絞り出すような大声で、氷樫は咄嗟《とっさ》に叫んだ。

取っ組み合っていた少年たちの動きが、ぎょっとしたように止まった。

叫び続けている氷樫の方を振り向いたり、周囲をキョロキョロ見回したりしている。

「警察呼んだぞーっ！　警察だーっ！」

頭の中が真っ白になって、もう自分が何をしているのかも分からなくなりそうだった。

ただ必死になって、喉がひりつくほどの大声を出し続ける。

不意に、ひとりの少年が走り出した。すると、まるでそれが合図だったように、村雨を取り囲んでいた少年たちが蜘蛛《くも》の子を散らすように逃げ出していく。

「警察呼んだぞーっ！　警察だーっ！」

壊れたスピーカーのように喚き続けていた氷樫の手を、誰かが摑みぐいっと引っ張った。

村雨だった。

「もういい。走れ、走るんだ」

村雨とともに、氷樫は再び走り出した。

前方に駅の灯《あか》りが見えてきて、村雨はようやくスピードを緩め、駅の手前で立ち止まった。

「大丈夫か？」

はあはあと肩で息をしながら、氷樫は辛うじてうなずいた。

「巻き込んじゃって、悪かったな」

「ずいぶん殴られてたみたいだけど、村雨こそ大丈夫なのか？」

「俺は馴れてるからな」

切れた唇の端を拳で押さえ、乱れた前髪をさらりとかき上げている。

氷樫がふと見ると、村雨のパーカーの袖が切り裂かれ、肘の辺りに血の染みができていた。

「村雨！　血が出てるじゃないか！」

「大したことねーよ……」

　強がっているが、村雨はパーカーの上から傷口を押さえ顔をしかめている。

「病院へ行った方がいいよ」

「こんなんで、一々病院なんか行ってられるかよ。大丈夫だから、心配すんなって」

「…でも……」

「いいから帰ろう。もう大丈夫だと思うけど、危ないから送ってやるよ」

「ちょっと待って」

　先に立って歩きだすのを呼び止め、氷樫はデイパックからハンカチを取りだした。

「取り敢えず、これで縛っておいた方がいいよ」

「…いいって……」

「ダメだよ」

　渋る村雨の腕を摑み、氷樫はパーカーの袖の上からハンカチを巻きつけぎゅっと縛った。

「病院へ行くのが嫌なら、ウチへ寄ってく？　ウチで手当てして帰ればいいよ」

「そんなことして、お袋さんが腰抜かしても知らねーぞ」

「母さんは、昨日から泊まりがけで東京へ行ってて留守だよ。父さんも仕事が忙しいから、帰ってくるのはいつも遅いし。だから、来ても平気だよ」

　村雨の視線がわずかに揺らいだ。

「…でも、ほんとにいいのか？」

　まだためらうように訊いた村雨に、氷樫は即座にうなずいた。

これまで、友達を家に呼びたいなどと、思ったこともなかったのに、いつになく必死になっていた。だって、村雨は氷樫のために喧嘩をして怪我《けが》をしたのだ。このまま見過ごせるはずがない。

「もちろんだよ。それより、途中で消毒薬と包帯買って帰らなくちゃ」

村雨のパーカーの袖口を摑み、氷樫は半ばかき口説くように言った。

「ああ……、それじゃ、そうさせてもらおうかな」

照れたようにうなずいた村雨と一緒に、氷樫は駅へ向かって歩きだした。


駅前の商店街にあるドラッグストアとファストフード店で買い物をしてから、ふたりは氷樫の自宅へ帰ってきた。

「氷樫んち、でかいんだな」

住宅街の一画にある二階家を見上げ、村雨が感心したように呟いた。

築十二年あまりの木造家屋は、銀行の借り上げ社宅で、お世辞にも豪邸とは言い難い。

それでも、これまで気詰まりな団地の社宅ばかりだったから、隣近所が銀行とは関係のない一軒家に住めると分かった時はとても嬉しかった。

母も喜んで、猫の額ほどの庭にせっせと花を植え、門から玄関へ続く階段にも植木鉢を並べて楽しんでいた。門灯の灯りに、ゼラニウムやマリーゴールド、松葉《まつば》ボタンの花々が浮かび上がっている。

「すげーな。俺の住んでるボロアパートとは大違いだ」

「別にすごくもなんともないよ。父さんの会社が借りてくれた社宅だから、ウチのもんじゃないし」

そんなに感心されてしまうと、かえって気恥ずかしくなってしまう。氷樫はガレージ横の門を開けて、八段ほどの階段を上がるとポケットから鍵を出した。

「上がってこいよ……」

玄関ドアを開けて促すと、村雨はらしくもなく気後れしたような表情で階段を上がってきた。

「ほんとに、誰もいないのか？」

玄関から中を覗き込み、村雨は遠慮がちに訊いた。

「いないよ。だから、ほら……。真っ暗じゃん」

こんなに遅くなるつもりではなかったから、出かける時に玄関ホールの電気をつけていかなかった。

氷樫は慌てて靴を脱ぎ、デイパックを背負ったまま玄関ホールと二階へ続く階段の灯りをつけた。

「俺の部屋、二階なんだ。二階には、俺の部屋しかないから」

氷樫の父親が勤める銀行が借り上げてくれたのは、３ＬＤＫの貸家だった。

一階はダイニングキッチンとそれに続く八畳のリビング、六畳の洋間と和室が一部屋ずつあり、二階には氷樫の勉強部屋が一部屋あった。

階段を上がりかけ、氷樫は村雨を振り向いた。

「ここまで来て、遠慮するなよ。どうぞ、入って……」

「ああ……。それじゃ、じゃまするな」

村雨が脱いだ靴をきちんと揃えているのを見て、氷樫は内心でちょっと感心した。

階段の上で氷樫が待っていると、村雨が神妙な面持ちで上ってきた。

「もしかして、緊張してる？」

氷樫が揶揄するように訊くと、村雨は嫌そうに顔をしかめている。

「多分、いいウチの子だろうと思ってたけど、ほんとに坊ちゃんだったんだな」

「なんだよそれ……。俺は坊ちゃんなんかじゃないよ」

まさか、坊ちゃんなんて言われるとは思わなかった。

氷樫は苦笑しながら、部屋の引き戸を開けた。

六畳の室内には、勉強机とベッド、大きな本棚が二つ置いてあった。本棚には、氷樫が大切にしている本がぎっしりと詰め込まれている。

日中の熱気が籠もったままの部屋へ入ると、氷樫はすぐにエアコンのスイッチを入れた。

「まず、傷の手当てをしないと……。適当に座って、ちょっと待っててくれないか」

デイパックをベッドの足もと辺りに放り出し、氷樫は階段を下り洗面所へ走った。

洗面所の窓を開けて外気を入れると、戸棚からタオルを取りだし水で絞り二階へ駆け戻った。

村雨はカーペットを敷いた床に、所在なさげに胡座《あぐら》をかいていた。

ドラッグストアのレジ袋の中をガサガサ探りながら、氷樫は村雨の隣に座り込んだ。

消毒薬とガーゼ、絆創膏《ばんそうこう》、包帯など、買ってきた物を床に並べる。

「パーカー脱いで、傷を見せて」

「ああ……。悪いな」

傷を縛っておいたハンカチを解き、村雨は血で汚れてしまったパーカーを脱いだ。

すると、傷は右腕だけでなく、左の二の腕にもあった。左腕の傷はそれほど大きくないが、右腕の傷は五センチほどの長さがあった。幸い、それほど深い傷ではなく、ハンカチで縛っておいたのがよかったのか出血もすでに止まっている。

氷樫はホッと胸を撫《な》で下ろした。

濡れタオルでそっと汚れを拭うと、傷が開いてまた血が滲み出てきた。慌てて、氷樫は消毒薬をたっぷり吹きつけた。

「しみる？」

顔を上げて訊いた氷樫に、村雨は眉を寄せながら首を振っている。

「…平気だ」

強がっていると思ったが口には出さず、氷樫は黙ってうなずいた。

氷樫を先に行かせようとして、村雨はこんな傷を負ったのだと思うと、胸の奥がしんと鎮まるような思いがした。これまで、あんな風に身体を張って氷樫を護ってくれた友達はひとりもいなかった。

もっとも、殴り合いの喧嘩に巻き込まれるなんて、生まれて初めての経験だったが——。

左腕の傷は消毒した後、ガーゼを当てて絆創膏で止めるだけにし、右腕は傷が大きいのでガーゼの上から包帯を少しきつめに巻いた。

「なんか、大げさ過ぎないか……。すげー大怪我したみたいで、恥ずかしいな」

包帯を巻き終わった腕をさすりながら、村雨が照れたようにぼやいている。

「ごめんね」

「なんで、氷樫が謝るんだよ」

「俺が一緒にいなかったら、あいつら絡んでこなかったんじゃないかと思って」

「かんけーねーよ」

ぶっつりと苦虫を噛み潰したように村雨が言った。

「あいつら、俺を目の敵にしてっから、氷樫がいたっていなくたって同じだよ」

「どうして目の敵にしてるんだ？」

村雨は困ったように肩を竦めた。

「俺が入学式の日に、三年のヤツらと喧嘩になって、謹慎くらったのは知ってるだろ？」

「…うん……」

「さっきの連中、そん時のヤツらだよ。ああ、でも、ナイフ振り回してたヤツは、とっくに学校やめちゃったヤツだけど。あいつら、全員、俺と同じ中学の卒業生なんだ」

脱いだパーカーを引き寄せ、ポケットを探りながら村雨が言った。

「だから、俺とも中学の頃から犬猿の仲ってやつでさ。入学式の日にバッタリ会ったら、へらへら笑って嫌み言ってきやがったから。それで、ボコボコにしてやったんだ」

伏し目がちに氷樫から目を逸らし、村雨は苦い物を飲み込むような口調で言った。

どうして犬猿の仲なのか、入学式の日に何が村雨をそこまで激昂《げっこう》させたのか知りたかったが、氷樫は敢えて黙っていた。

村雨の硬い表情の奥に、興味本位で触れてはいけない物が隠されているような気がした。

パーカーのポケットから煙草の箱を出し、村雨は一本くわえようとして手を止めた。

「…ここで吸っちゃ、やっぱまずいか……」

「いいよ、別に……。あ、でも灰皿がないか……」

部屋の中をぐるりと見回したが、灰皿の代わりになりそうな物は見当たらない。

氷樫の両親は喫煙しないが、来客用の灰皿はあるはずだった。それを階下へ取りに行こうと腰を浮かした氷樫を、村雨は首を振って止めた。

「いいよ、吸わないから。煙草の匂いなんかして、お前が叱られたら可哀想《かわいそう》だもんな。それより、メシにしようぜ。腹ぺこだよ」

「うん」とうなずいて、氷樫は机の上に置いてあったファストフード店の紙袋を取った。

「なんか飲み物取ってくる。コーラでいい？」

「ビールがいいな」

「……えっ……」

引き戸に手をかけたまま目を瞬かせた氷樫を見て、村雨はおかしそうに笑った。

「飲んだことないのか、ビール……」

「あるわけないだろ」

ムッとして言い返すと、村雨は「坊ちゃんだもんな」と、さらにからかった。

「そうじゃなくて、未成年だからだろ」

「はいはい……。コーラでけっこうです」

「ったく、もう……」

膨《ふく》れっ面でため息をついてから、氷樫は階段を駆け下りた。

キッチンへ行き冷蔵庫を開けると、父親が晩酌に飲む缶ビールが冷やしてあった。

これを村雨に出してやってもいいかと一瞬考えてから、氷樫は首を振って思いとどまった。

コーラのペットボトルとグラスを二つ持って、氷樫が部屋へ戻ると、村雨は袖が裂けてしまったパーカーを眺めて顔をしかめていた。

「あーあ、また姉貴に怒鳴られるな……」

ぼやいてから、恥じらったように肩を竦めた村雨に、氷樫は笑いながらグラスを差し出した。

「お姉さん、厳しいんだ」

「厳しいっていうか、喚き出すと手がつけられねえんだ。メシとか、平気で抜きやがるしなー」

紙袋からハンバーガーの包みを取り出しながら、村雨はうんざりとぼやいた。

「村雨でも、怖い人がいるんだな」

「怖かねえけど、一応、養ってもらってる身だからさあ」

「…そうなの……？」

ハンバーガーにかぶりつきながら、村雨はあっさりうなずいた。

「俺も一応バイトしてるけど、アパートの家賃とか光熱費とか払ってんのは姉貴だからな」

「村雨、バイトしてるんだ」

「週に三日、知り合いのバイク屋で。俺、親いないから働かないとさ……」

「えっ……」

「俺の親父、トラックの運転手だったんだけどさ。俺が小三の時に、事故で死んじまったんだ。だから、俺、親父のことあんまし覚えてないんだよな」

「…お母さんは？」

「俺が中学に入ってすぐ出ていった」

「…出ていった……？」

「ああ。男と逃げたんだよ。バーのホステスやってたんだけど、店の客とできちゃったらしくてさ」

コーラで喉を潤《うるお》し、村雨はまるで他人の家の噂話でもするようにさらりと言った。

「で、それからずっと、俺は姉貴とふたりで暮らしてんだよ。姉貴と俺、八歳も年齢《とし》が離れてっからさ。まだお袋がいた頃から、俺の世話は姉貴がしてたようなもんだったし」

「そうだったんだ……」

村雨には、何か家庭の事情がありそうだとは思っていたが、想像よりずっと重い話で、高校生の氷樫にはなんと答えたらいいのか分からなかった。

黙ってハンバーガーを咀嚼《そしゃく》していた氷樫に、村雨は「そんな顔すんなよ」と苦笑いしている。

「…ごめん……。ちょっとびっくりしちゃって。でも、村雨のお姉さん、偉いね。ちゃんと、弟の面倒見てくれるなんて」

「別に偉かねえよ。キャバ嬢だし」

多分、照れ隠しもあったのだろう。村雨は、ちょっと見下したような口調で言った。

「キャバ嬢だって、偉いもんは偉いだろ。一生懸命働いて、弟の面倒見てくれてるお姉さんのこと、そんな風にいったらバチが当たるぞ」

氷樫が思わず強い調子で窘めると、村雨は意表を突かれたように目を見開き、次いで氷樫の真意を探るように見た。

「きれいごと言わなくたっていい」

「なんで、きれいごとなんだよ。俺はバイトもしたことないから分かんないけど、自分だけじゃなくて弟の分まで稼いでくるって、きっとすごく大変なことだよ。それなのに、そんな風に言ったら、お姉さんが可哀想じゃないか」

「…氷樫、お前、本当にそう思って言ってるのか？」

信じられないと言わんばかりの口ぶりに癇癪《かんしゃく》を起こし、氷樫は「なんで、そんなに疑うんだよ！」と強い口調で怒った。

不意に、村雨の表情がくしゃりと歪んだ。

「悪い。俺、お袋や姉貴のことで、嫌な思いばっかしてきたからさ。中学の時なんか、お前の姉ちゃんの店はどこにあるんだ、なんて、クラスのみんなの前でわざわざ訊く先公とかもいたし。お袋がいなくなった時だって、周りはみんな同情するフリして、裏じゃヒソヒソ噂話してたの知ってるしな」

「…分かんないけど、お母さんにもなんか事情があったのかもしれないじゃん。言いたいヤツには、言わせておけばいいんだよ」

あまり、慰めになっていないと思いつつ氷樫が言うと、村雨はわずかに目を細めうっすらと笑った。

「お前、ほんとにいいヤツなんだな……」

「…えっ……。そんなことないよ」

急に恥ずかしくなってしまって、氷樫はちょっと赤くなって首を振った。

「でも、そういうこと、俺、全然知らなかったから。話してくれて嬉しかった」

「よせよ。照れんだろ」

食べ終わったハンバーガーの包み紙をくしゃっと丸め、村雨は前髪をかき上げながら立ち上がった。

「お前、ほんっとに本が好きなんだな」

壁に沿って置かれた二台の書棚を眺め、半ば呆れたように言う。

スライド式の大きな書棚には、ハードカバーから文庫本までずらりと本が並べられている。

その一画に、革のシースに納められた登山ナイフが飾られているのを見つけ、村雨は驚いたように振り向いた。

「ナイフなんて、らしくないもん持ってるじゃないか」

「それは、従兄弟《いとこ》に口止め料で貰《もら》ったんだよ」

「…口止め料……？」

怪訝そうに振り向いた村雨に、氷樫は悪戯っぽく笑った。

「大学卒業したら親元へ戻って公務員になるって、親と約束してたんだって。でも、どうしても入りたい会社ができちゃって。それで、公務員試験、わざと落ちて、その会社に入っちゃったんだよ」

「どうして……？」

「従兄弟、すごい山が好きで、大学時代もしょっちゅう山登りに行ってたんだ。それで、山へ行く資金稼ぎでアルバイトに行った会社で、上の人にとっても気に入られたらしくて。で、入社してくれたら、ベルギーへ行かせてやるって約束してくれたんだって。それで、絶対、そこの会社に入りたいって思っちゃったみたい」

「ふうん……。それで、ベルギーへは行けたのか？」

「うん。従兄弟は入社したらすぐ行けるかと思ってたみたいだけど、さすがにそれはなくて。でも、三年目に念願のベルギー転勤が決まって、今も向こうにいるよ。ヨーロッパにいれば、休みを利用して向こうの山に登り放題だし、当分、帰ってこないんじゃないかな」

「あー……、そういうことか……」

「それで、ベルギーに行く前に、俺にだけこっそりホントのこと話してくれたんだ。でも、誰にも絶対に内緒だぞって、口止め料にそれくれたんだよ。従兄弟は、お祖父《じい》ちゃんに貰ったんだって」

お互いにひとりっ子で兄弟がいないせいもあってか、年齢の離れた父方の従兄弟、拓樹《ひろき》は、子供の頃から氷樫をとても可愛がってくれていた。転校ばかりで友達ができず、次第に学校も休みがちになった氷樫を心配し、機会を見つけてはトレッキングに誘ってくれたりもした。

実のところ、氷樫は山はあまり得意ではなかったけれど、拓樹と話をするのは好きだった。

拓樹になら両親や学校の先生には言えない本音も素直に話せたし、相談にも乗ってもらった。

『叔父《おじ》さんや叔母《おば》さんは怒るかもしれないけど、どうしても学校が嫌いなら、無理に行かなくてもいいよ。学校だけが人生じゃないからな』

そう言って、ただひとり氷樫のことを理解してくれていた拓樹は、遠く離れてしまう自分の代わりに、祖父の形見であるこのナイフを置いていってくれたのかもしれない。

もっと強くなれ、というメッセージを込めて——。

「ふうん。見せて貰ってもいいかな」

「いいよ。波紋がすごくきれいなんだ」

立ち上がり、ナイフを手に取ると、氷樫はシースからナイフを引き抜いた。刃渡り十センチあまりの和式ナイフである。厚みのある刀身全体に、細《こま》かな波紋が何層にも重なって浮き出ている。

「…すげぇ。こんなの初めて見た」

「きれいだろ」

「ああ……。すげー、きれいだな」

蛍光灯の灯りにかざすようにして、村雨はじっくりとナイフを見ている。

「砂浜に打ち寄せる、さざ波みたいだ……」

村雨が砂浜と口にした途端、氷樫の脳裏にあの日のキスが蘇っていた。

ほんの少し身を固くして目を伏せた氷樫を、村雨はちらりと横目で見てナイフをシースに納めた。

「今度の日曜、花火大会行かないか？」

「花火大会？」

「ああ。この間行った浜で、年に一度、花火大会があるんだよ」

この間行った浜、と村雨はなんでもないように口にした。

途端、氷樫の胸の奥では蘇った羞恥と惑乱が渦巻いて、息苦しさを感じさせた。

村雨は、あの日のキスをどう考えているのだろう。村雨にとっては、深く考えるほどのこともない、挨拶《あいさつ》代わりのような行為だったのだろうか。

「……でも、俺……」と氷樫は、村雨の方を見ずに言葉を押しだした。

「…人混みって、好きじゃないんだ……」

「人混みでなきゃいいのか？」

「花火大会なんて、混んでるに決まってるじゃないか」

「浜の会場へ行かなくても、森戸山《もりとやま》公園からも見えるんだよ。ちょっと遠くなるけど穴場で、そんなに人いないし。そこなら、どう？」

どうしよう、と氷樫は思った。

今まで、花火大会に誘われたことなど一度もなかった。

村雨となら、行ってみたい、と思う気持ちも正直なくはない。

でも――。

逡巡していると、家の外から門扉を開け閉めする音が聞こえてきた。

「あ、父さんが帰ってきたのかな……」

氷樫の呟きと同時に、玄関ドアが開いたのが分かった。

「亮彦、誰か来てるのか？」

階下から響いた声に、氷樫は急いで引き戸を開け部屋の外へ身を乗りだした。

「うん。学校の友達が来てるんだ」

「学校の友達？」

氷樫が学校の友達を家へ連れてくることなど、もう何年もないことだった。父の謙二《けんじ》はさも意外そうに、何か言いたげな顔をして階下から息子を見上げている。

「……そうか。あまり、帰りが遅くならないようにしなさい」

「分かった」

結局、謙二は特別詮索もしなければ、うるさいことも言わず、奥の部屋へ引っ込んでいった。

助かった、と氷樫は内心でため息をついた。

もし、父の謙二が二階へ上がってきて、村雨を見たら、一悶着あったに違いなかった。

何しろ、髪を茶色に染めている村雨は謙二の一番嫌うタイプだったし、その上、今夜は怪我までしているのである。事情を問い質されたら、それこそただではすまなかっただろう。

「氷樫って、アキヒコっていうのか？」

やれやれと振り向いた氷樫に、村雨が言った。

「そうだよ」

「ふうん」と呟いてから、村雨は「亮彦、俺、帰るわ」と言った。

いきなり下の名前で呼ばれ、氷樫は微妙に眉を寄せた。

村雨はニッと、魅力的に笑った。

それから、放り出してあったパーカーを掴みながら「花火大会、考えといてくれよ」と続けた。

氷樫は敢えて返事を保留し黙っていたが、村雨が気にしている様子はなかった。

それはそれで、ちょっと残念な気もするのは、気のせいだろうか——。

「亮彦、ポケベル持ってる？」

「持ってない」

「そっか……。それじゃ、六時に大谷橋《おおやばし》のバス停で待ってるから」

「…大谷橋のバス停……？」

「あそこから歩いていくのが、一番近いんだよ」

行くとも行かないとも答えられないまま、氷樫は村雨を見ていた。

「今日は、怖い思いさせちゃってごめんな」

首を振った氷樫に、村雨は包帯を巻いた腕を掲げ、ニコッと笑った。

「これ、ありがとな」

「…村雨……」

部屋を出て階段を下りかけた村雨を、氷樫は思わず呼び止めた。呼び止めてしまってから、どうしてそんなことをしたのか分からず、氷樫は自分で自分に困惑してしまった。

「ん……？」

「あ、あの……、俺の方こそ、ありがとう」

それへ片手を挙げただけで階段を下りていく村雨を追って、氷樫も階下へ行った。

玄関ホールまでくると、謙二がシャワーを浴びているらしい水音が奥から聞こえていた。

素早く靴を履き、村雨は振り向きざまに氷樫の唇を啄《ついば》んだ。

「じゃな……。日曜日、待ってるから……」

ドキリと硬直して目を見開いた氷樫の耳元でそう囁くと、村雨は返事を待たずに外へ出ていってしまった。

目の前でパタンと閉まった玄関ドアを、氷樫はしばらくぼんやりと見つめて立っていた。


花火大会が開かれる日曜日は、朝から夏空が広がるピカピカの晴天だった。

いつもなら早朝から図書館へ出かけていくのだが、なんだかその気になれず、氷樫は自室に引き籠もっていた。机の上には、参考書とノートが広げたままになっている。

ぼんやりと頬杖をつき、氷樫は二階の窓からガラス越しに空を眺めていた。

青空に一筋、刷毛で掃いたような飛行機雲が浮かんでいる。隣家の庭木に止まっているのか、降るような蝉《せみ》の鳴き声が耳につく。

「どうしようかな……」

花火大会へ行くべきか否《いな》か、氷樫はずっと迷い続けていた。

氷樫の心を揺らしているのは、花火大会へ行くことで、村雨との距離がさらに近くなることへの本能的な躊躇《ちゅうちょ》のようなものを感じているせいだった。

中学に入った頃くらいから、誰かにどこかへ遊びに行こうと誘われることはなくなっていた。それはもちろん、氷樫が勝手に壁を作って親しい友人を作らずにきた為で、同級生のせいではない。

休み時間に、同級生が誘い合わせて遊びに行く相談をしているのを、たまたますぐ傍の自分の席で聞いていても、羨ましいとか寂しいとか思ったことは強がりではなく一度もなかった。

時々、氷樫が近くで話を聞いていることに気づいた生徒が、気を遣って一緒に行かないかと声をかけてくれることもなくはなかったが、氷樫はいつも迷うことなく即座に断ってきた。

それなのに、どうして村雨の誘いを、あの時すぐに断ることができなかったのだろう。

村雨との約束を、なかったことにしてしまうのは簡単だった。約束といっても、村雨が一方的に待ち合わせの場所と時間を決めていっただけで、氷樫は行くと確約したわけではない。

だから、これまでの氷樫なら、なんのためらいもなく、約束など簡単に反故にしていただろう。

でも――。

なぜなのか、大谷橋のバス停で、すっぽかされたのも知らずにじっと待ち続ける村雨を想像すると、胸が痛んで仕方がない。

「あーあ……」

氷樫が声に出してため息をついた時、階下から母の郁子《いくこ》が呼ぶ声が聞こえた。

「亮彦、弥生《やよい》伯母様が送ってくれた桃で、ゼリー作ったんだけど一緒に食べない？」

母がこんな風に呼ぶ時は、息子と何か話をしたい時と決まっていた。いらないと断ると、郁子が二階までゼリーを持って様子を見にきそうな気がして、氷樫は仕方なく「今行く」と返事をした。

開いただけだった参考書とノートを閉じ、ため息交じりにしぶしぶと立ち上がる。

氷樫が降りて行くと、郁子が桃のゼリーが入ったガラスの器をダイニングテーブルに並べていた。

「アイスティーじゃなくて、麦茶でもいいかしら」

「うん。なんでもいいよ」

椅子を引きながら、おざなりに答えつつ、そっと母の様子を窺う。

歯科医の娘で苦労知らずのお嬢様育ちのせいなのか、母の郁子にはどこか浮き世離れしたところがあった。生まれてから一度も引っ越しなんかしたことなかったのに、お父さんと結婚した途端、引っ越しばっかりと嘆いているわりには、それほど苦にしている様子もない。

趣味はお菓子作りと習い事で、新しい土地へ移ってくると、まずは気に入りそうな教室を見つけ通い始める。そうすることで、知り合いがひとりもいないところへ来ても、すぐに友達を作ってしまう。

まったく、こんなにもあっけらかんと社交的な母親から、どうして自分のような人見知りで引き籠もりの息子ができただろうと、我ながら呆れてしまうほどである。

今も郁子は、娘時代から長く続けているお茶の稽古にくわえ、ここへ引っ越して来てから始めたパステル画と陶芸の教室に通うので忙しくしている。

だからなのか、ひとり息子がせっかく入学した高校を、ほとんど登校拒否寸前といってもいいほど休んでばかりでも目くじら立てて怒るようなこともなかった。

もっとも、それには氷樫の成績がずば抜けているという、エクスキューズがあればこそだが——。

「はい、麦茶」

「ありがと」

麦茶は見覚えのない、ハート柄のグラスに入っていた。氷樫の前に置かれたのはブルーのハートで、郁子のにはピンクのハートが描かれている。

「可愛いでしょ」と郁子は嬉しそうに言った。

「この間、東京に行った時に見つけたの。お揃いのティーセットもあるのよ」

「ティーセットも買ったの？　食器、たくさんあるじゃない。また、引っ越しの時荷造りが大変だよ」

ちょっと呆れたように言うと、郁子は戯《おど》けるように舌を出している。

「だって、すごく可愛かったんだもの。重いから、配送してもらったの。さっき届いたのよ」

何しろ郁子は少女趣味で、食器に限らず家の中はやたら可愛い物で溢れかえっていた。

レースのカーテンはひらひらのフリルつきだし、ソファに置いたクッションはオーガンジーの花びらが幾重にも重なったバラの花型だった。

ただの一度も口にしたことはないが、郁子は本当は女の子が欲しかったのではないかと思う。

そうすればきっと、母娘で思う存分可愛い物の話で盛り上がることもできたのに違いない。

少なくとも、『ティーセットも買ったの？』なんて、冷ややかに言われることはなかっただろう――。

淡いピンクと乳白色で彩られた花型のガラス器に入ったゼリーを食べながら、氷樫はちょっと申しわけないような気持ちで思った。

「今日は図書館へ行かなくてよかったの？」

氷樫と向き合って、自分もゼリーを食べながら、郁子が訊いた。

「日曜日は混むからやめたんだ」

「明日は行く？」

「多分行く」

「それなら、借りてきて欲しい本があるんだけど」

郁子も大の読書好きで、氷樫の本好きは郁子の影響が大きかった。

「いいよ。忘れるといけないから、メモに書いといてよ」

「ありがと。……ねえ、亮彦……」

「何……？」

「この間、お友達がウチへ来てたんですって？」

「えっ？　ああ、うん。父さんに聞いたの？」

やっぱり、そのことだったか、と氷樫は胸の裡で身構えた。

「なんていうお友達なの？」

「…どうして……？」

警戒感も露《あら》わに訊き返した息子を宥めるように、郁子はにっこりと笑った。

「亮彦がお友達をウチへ連れて来るなんて、今までになかったから、ちょっとびっくりしちゃったのよ。ねえ、今度、お母さんもいる時に、また連れていらっしゃいよ」

「えっ……」

思わずスプーンが止まってしまい、氷樫はそっと上目遣いに母親の表情を盗み見た。

郁子は邪気のない笑みを浮かべ、興味津々といった顔で息子を見ている。

「だって、会ってみたいじゃない。人嫌いの亮彦が、ウチにまで連れて来るなんて……。どんなお友達なのかしら」

それは、やめといた方がいいと思うよ——。

胸の裡でこっそり呟き、氷樫は黙ってゼリーの残りを口へ運んだ。

「お友達連れてきたら、ケーキ焼いてあげるわよ」

村雨とケーキ——。

母がいつも作る少女趣味全開の甘いケーキを前に、渋い顔をしている村雨を想像した途端、つるりと滑り落ちるはずのゼリーが喉に引っかかりそうになって、氷樫は思わず咳払いをした。

「ケーキ、食べるかな……」

「あら、甘い物、食べないかしら」

「…さあ……。訊いたことないから……」

「それなら、訊いてごらんなさいな。もし甘い物が嫌いだったら、何を作ればいいかしらね……」

息子が友達を連れて来るのが決まったような郁子の口ぶりに、氷樫は困ってしまい目を伏せた。

「そうだわ。夏だし、カレーランチでもする？　カレーなら、お父さんも食べるだろうし」

「えっ……。父さんも一緒に……？」

ますますあり得ないと思いつつ訊くと、郁子は「そうねえ……」と小首を傾げた。

「日曜日ならって思ったけど、この頃お父さん、日曜日も忙しそうだものね……」

今日も謙二は、早朝から仕事絡みのゴルフに出かけていった。

「お父さんたら、せっかく亮彦のお友達が来てたのに、挨拶もしないでお風呂入っちゃったんでしよ？　それで、あとになってから、顔ぐらい見ておけばよかったかな、なんて言うんですもの……」

だから助かったんだとも言えず、氷樫は曖昧な笑みを浮かべた。

「…考えとくよ……」

食べ終わったゼリーの器をキッチンに下げると、氷樫は二階へ逃げだそうとした。

「あら、もう行っちゃうの？　ねえ、お夕飯は何がいいかしら……」

父親の謙二は、夕飯には間に合わないだろうから、また郁子とふたりきりで食べることになる。

するとまた、村雨のことを郁子に根ほり葉ほり訊かれるのか——。

想像した途端、うんざりしていた。

「夕飯はいらないから」

鬱陶しさに思わず口走ると、郁子はびっくりした顔をした。

「どうして？」

「…えーと……、花火大会に誘われてるんだ……」

「花火大会？　あなた、人混みは大嫌いじゃないの」

郁子は、ますます目を丸くしている。

「そうなんだけど。森戸山公園なら、そんなに人いないんだって。だから……」

「…そう……。もしかして、この間のお友達と一緒なの？」

いつになく、郁子の眼差しが探るようになっている気がした。

「うん、そうだよ」

氷樫ができるだけ気軽にあっさり肯定すると、郁子は何かを考えるように息子の顔を見つめた。

「ふたりで行くの？」

「そう。六時に待ち合わせなんだ」

「だけど、花火大会って夜遅くなるんじゃない？　危なくないかしら……」

「大丈夫だよ」と、一蹴したものの、氷樫は内心ドキリとしていた。

もしもまた、このあいだの夜のように、不良連中に見つかって絡まれたりしたら——。

「…そう？　あんまり、帰りが遅くならないようにしてよ？」

「分かってるよ」

最後は少しうるさそうに言って郁子の口を封じると、氷樫はリビングを出た。

階段をかけ上がり、二階の自室へ戻って来た途端、なんだかどっと疲れていた。

これでもう、あとへは引けなくなってしまった。

行くと決めると、不思議なことに花火を見るのが楽しみになっていて、我ながら現金さに呆れてしまった。苦笑しながら机の上の時計を見ると、三時半を回ったところだった。

どうせなら、母親がまた面倒なことを言い出したりしないうちに、早めに出かけてしまおうか。

書店へでも寄って時間を潰してから行けばいいと考えて、氷樫は手早く着替えをすませた。

外出時にはいつも持っていくデイパックを手にした時、不意に郁子の声が耳の奥で響いた。

『……花火大会って夜遅くなるんじゃない？　危なくないかしら……』

途端に、胸の裡がざわついた。

胸騒ぎを抑えようと小さく息をついた氷樫の目に、書棚に飾ったナイフが映った。

同時に、あの晩、村雨が氷樫のために流した血の色が思い出されていた。

氷樫が村雨と待ち合わせた大谷橋のバス停についたのは、バスが遅れたせいもあって、六時を十分あまりも過ぎてからだった。

もしかして、村雨は氷樫が待ってもこないと思って、もう帰ってしまっただろうか――。

不安に思いながら氷樫が見回すと、村雨は道路を挟んだ反対側のバス停でベンチに座っていた。

Vネックの白いTシャツに、チェック柄のカッターシャツを羽織っている。長袖をまくり上げた腕に、もう包帯が巻かれていないのを確認し、氷樫はホッと胸を撫で下ろした。

ベンチの背もたれに両手を広げてもたれかかり、組んだ足をリズムを取るように揺らしている。

氷樫が来るかどうか、気を揉《も》んでいるのかと思ったが、どうもそうでもないらしい。と言うより、氷樫が来たことにまだ気づいてもいない。

なんだ、余裕じゃないか――。

時間に遅れたことを気にしていたのが悔しい気がして、氷樫はふんと唇を引き結んだ。

道路を渡ろうともせずに見ていると、ようやく村雨が氷樫の存在に気がついた。

満面に笑みを浮かべ、こっちへ渡ってこいと手招きしている。

氷樫も片手を軽く挙げて応えると、車の切れ目を待って道路を渡った。

「ごめん。バスが遅れちゃって……」

氷樫が小走りにベンチへ行くと、村雨は「別にいいよ」と隣に座るよう促した。

村雨のシャツの胸ポケットに携帯音楽プレーヤーが入っていて、首にはイヤホンのコードがかかっている。村雨は音楽を聴いていたようだった。

「何聴いてたの？」

「聴くか……？」と言って、村雨が氷樫の耳にイヤホンの片方を入れてくれた。

てっきり、ビートの利いたロックでも聴こえてくるかと思ったが、流れてきたのは意外にもメロディアスなバラードだった。

演奏はピアノだけで、ボーカルが切々と別れの歌を歌い上げている。

初めて聴く曲だったが、切なさが胸に沁《し》み入ってくるようだった。

引き込まれるように聴き入っていると、ベンチに置いた氷樫の手に村雨の手が重なってきた。

握るのではなく、氷樫の手の上に村雨の手が半分だけそっと触れている。

村雨の手の温もりが、重ねられた指先からじわじわと浸透するように伝わってきて、今度は意識が全てそちらへ引っ張られてしまう。

手を引こうと思えばすぐにできるはずなのに、どうしてだか指一本動かせなかった。

片耳から、甘いミックスボイスが流れ込んでくる。指先からは、村雨の存在感が氷樫の中へ忍び込んでくる。不意に胸の奥がきゅっと引き絞られるように締めつけられ、氷樫は思わず息を詰めた。

五分あまりで曲が途切れると、村雨は「いい曲だろ」と低く囁いた。

「なんていう曲？」

「ラストソング」

「でも、なんか意外だな。バラードとは思わなかった」

「もっとアッパーなのも入れてあるけどな」

照れくさそうに言って、村雨はうっすらと笑った。

「花火、七時半からだからさ。それまでに、なんか食って腹ごしらえしとこう」

「いいよ」

立ち上がった村雨と一緒に、氷樫はバス停をあとにした。

ふたりは、バス停から歩いてすぐの道路沿いに建つファミリーレストランへ入った。

窓際の席で向き合って座るなり、村雨は舌なめずりしそうな顔でメニューを開いている。

まだそれほど空腹は感じていなかったけれど、氷樫もやたら大きなメニューを手に取った。

「母さんが、村雨を家へ連れてこいって言ってた」

メニュー越しに、村雨は片眉だけ吊り上げるようにして氷樫を見た。

「連れてくれば、ケーキを焼いてくれるって」

「亮彦はなんて言ったんだ」

氷樫は肩を竦めた。

「ケーキ、食べるかどうか分からないって」

「そこかよ……」

村雨は喉の奥でクッと笑った。

「で、なんにする？」

「えっ……？」

「注文だよ。俺はチーズハンバーグ」

氷樫は慌ててメニューに目を戻した。

「……えっと……」

迷っていると、村雨がからかい交じりに茶々を入れてきた。

「まさか、ファミレス入ったのも初めてとか言わないよな」

「言わないよ……。すごく、久しぶりだけど」

「久しぶりって、どれくらいだよ」

「…忘れた。俺は和風ハンバーグにする」

注文をすませると、氷樫は村雨の右腕を見た。

「傷、治った？」

「もうすっかりだよ。…ほら……」

シャツの袖をまくり上げた腕には、でもまだ薄赤い傷痕《きずあと》が残っていた。

「お姉さんに叱られた？」

途端に、村雨は渋い顔をしている。

「もう、めちゃくちゃ言われた。ドジ踏んでんじゃねぇ、マヌケとか言いやがんの。むかつくよなぁ」

「村雨のこと、心配してるんだよ」

「違うね。警察沙汰《ざた》にでもなって、自分も呼び出されたら面倒だと思ってんだよ」

「そうかな……」

そこへウェイトレスが注文した料理を運んできて、ふたりは口を噤んだ。

お腹が空いていたらしい村雨は、早速、ナイフとフォークを手にハンバーグをぱくついている。

氷樫も食事をしながら、そう言えば前にファミレスへ入ったのは、いつだったろうと記憶を探った。

「あ、そうか……」

「ん？」と顔を上げた村雨に、氷樫は恥じらったように笑った。

「前にファミレスに入ったのは、いつだったかと思って。中学に入ってすぐ、この間話した従兄弟と一緒に出かけた時に入ったんだ。だから三年ぶりくらい？」

「それじゃ、普段はどこでメシ食ってんだよ」

「どこって家に決まってるじゃないか」

フォークを手にしたまま、村雨は呆れたように薄く口を開けた。

「亮彦、お前、大丈夫か？」

「何が？」

「マジメなのもいいけどさ。引き籠もってばっかだと、ますます頭、凝り固まっちゃうぞ」

「別に引き籠もってるわけじゃない。ファミレスへ一緒に入るような友達がいないだけで、図書館や本屋にはひとりでしょっちゅう行ってるし。コーヒーショップなら、ひとりだって平気だよ」

「なんだ、亮彦、友達いないのか？」

揶揄するように訊いた村雨の目を真っ直《ま》ぐ《す》に見て、「友達はいない」と氷樫はさらりと言い切った。

「友達は村雨だけだ」

悪戯っぽく細められていた村雨の目が、大きく見開かれ、怖いほど真剣な光を帯びて光った。

そうだ、自分の友達は村雨だけだ、と氷樫は胸の裡で改めて思った。

多分、性格も考え方も好みも、何もかもが村雨と氷樫では正反対といっていいくらいかけ離れているだろう。でもだからこそ、分かり合える何かがある気がする。

校舎の屋上の時計塔の裏で出逢った時から、自分は無意識にそう感じ取っていたのだ。

そしてそれは、きっと思い違いなんかじゃない。

理屈ではなく感覚が、氷樫にそう確信させていた。

真っ直ぐに見つめてくる村雨の強い視線を浴びていると、なぜだか不意に泣き笑いしたい気分に駆られていた。

村雨からの花火大会への誘いを、あっさりと反故にできなかった理由が、今頃になって腑に落ちたような気さえしてしまう。

「…亮彦……」

村雨の形がいいけれど薄い唇が微かにふるえ、ほんの少し口角が上がった。

「サンキュ……」

伏し目がちに照れくさそうに呟くと、村雨はハンバーグを詰め込むように口へ運んでいる。

氷樫も急に恥ずかしくなってしまって、俯きがちに黙って食事をした。


ファミレスで一時間ほど時間を潰してから、村雨と氷樫は森戸山公園へ続く坂道を上がっていった。

小高い丘の上にある森戸山公園は、見晴らしのいい公園だった。

公園の中央に小さな噴水があり、夏場は子供に水遊びをさせる親子連れで賑《にぎ》わっている。季節毎に球根が植え替えられる花壇に咲く花が見事で、アマチュアカメラマンにも人気の公園だった。

待ち合わせた時はまだ明るかったのに、いつの間にか辺りは夜の帳《とばり》に包まれている。

遠くから、ドーンと音が響いてきた。

「あれ、花火の音じゃないか？」

「多分そうだろ」

「それじゃ、急がなくちゃ……」

子供のようにはしゃいだ気分で、氷樫は村雨の先に立って歩いていった。

村雨が穴場だと言った通り、夜の森戸山公園はバス停から少し歩くせいもあってか、閑散として人影はなかった。

遠く浜から打ち上げられる花火が、夜空に大輪の光の花を咲かせては消えていく。

すぐ近くの会場から見るような臨場感はなかったけれど、その分儚《はかな》げでロマンチックな感じがした。

ベンチに並んで腰掛け、ふたりは次々に夜空を飾る花火を眺めた。

「きれいだな」

「うん……」

胸ポケットから携帯音楽プレーヤーを取り出すと、村雨が何やら操作している。

「聴くか？」

うなずいた氷樫の耳に、村雨がイヤホンを片方だけ入れてくれる。

流れ込んできたのは、今度は疾走感たっぷりのロックだった。先ほど、切ないバラードを甘いミックスボイスで歌い上げていたボーカリストが、今度は叩きつけるようにシャウトしている。

「いいだろ」

「うん。すごくいい。俺もＣＤ買おうかな」

「買わなくたっていいよ。俺のを貸してやるから」

「ほんと？　ありがとう」

「十月に、このバンドのコンサートがあるんだ。一緒に行かないか？」

「…行きたいけど……」

コンサートと言うからには、開催されるのはやはり夜だろう。花火大会より、帰りは遅くなるに違いない。両親は許してくれるだろうか――。

一瞬のうちに、さまざまな思いが脳裏を掠めていった。

これまで、氷樫がコンサートなど、夜のイベントに出かけたことは一度もない。

花火大会でさえ、あんなに驚いていたのだから、コンサートに行くなどと言い出せばもっとうるさく詮索されるのに違いないと思った。

でも、村雨と一緒に行きたいと思う気持ちの方が勝っていた。

こんな気持ちに駆られるのは、多分、生まれて初めての経験だった。

誰かと一緒にいたいと思うのも、誰かと一緒にいるのが楽しいと感じるのも、これまでの氷樫には絶えてないことだった。

いつだって、氷樫はひとりだった。それは、氷樫自身がひとりを望んでのことだったし、ひとりの方が気楽で解放感があった。

誰かに合わせようと気を遣ったり、まして干渉されたりするのは鬱陶しくて嫌だった。

それなのに今、村雨とベンチに並んで腰掛け、一組のイヤホンを分け合って音楽を聴いているのが、こんなにも楽しい。

「行く！」と、氷樫は宣言するように言った。

「父さんや母さんがなんか言うかもしれないけど、ダメだって言われても絶対に行く」

嬉しげに目を細め、村雨がうなずいた。

「オッケー、それじゃチケットは俺が用意しておくから」

「チケット取れるかな」

「任せろよ。ちょいツテがあるんだ」

得意げに言った村雨に、氷樫が笑顔で応えた時、背後からガヤガヤと大勢の話し声が聞こえてきた。

思わず氷樫が振り向くと、公園の入り口から四、五人の人影が入ってくるのが見えた。

同じように振り向いた村雨が、忌々しげに舌打ちした。

「ちぇ、まずいな……」

「えっ……？」

「この間のヤツらだ」

微かに息を呑《の》んだ氷樫を安心させるように小さくうなずいて、村雨がゆっくり立ち上がった。

「なんだよ、先客がいると思ったら村雨かよ……」

「一緒にいるのは、氷樫じゃないか。お前ら、ほんと仲がいいんだな」

「デキてんじゃねぇの？」

「なんだよ、ホモかよぉ」

下卑た声に、周囲からゲラゲラと酔いの滲んだ派手な笑い声があがった。

「何がおかしいんだよ。てめぇらには、かんけーねぇだろ」

「…村雨……！」

氷樫は慌てて村雨のシャツの裾を引っ張ったが、村雨はそんなことにはおかまいなくズイっと一歩踏み出してしまった。

「なんだと！　村雨、お前、一年のくせにいちいち生意気なんだよ！」

「お前の姉貴、江南町《こうなんちょう》のキャバクラで働いてるんだろ。今度、俺がお触りしてきてやるよぉ」

「そーかよ。そん時はケチらねぇで、せいぜいチップはずめよ。もっとも、姉貴は売れっ子だから、てめぇらのようなだっせぇ客、相手にしねぇと思うけどな」

「何ー！」

「なんだよ！」

火花が散るような睨み合いを、氷樫は身を固くして見ていた。

ガクガクと、もうすでに脚がふるえてしまっている。

「おやおや、そっちの坊やはもうふるえ上がってんじゃねぇか」

「キャバクラ行く前に、氷樫君にオトコの慰め方ってのを、ちょいと教えてもらおうか」

「こいつは関係ねぇ！」

「夜の公園でいちゃついといて、関係ねぇわけないだろ。なぁ？」

同意を求められた男が、ニヤニヤと嫌らしい笑みを浮かべうなずいた。

「おー、キャバクラよりいいのかもしんないぜ」

「姉貴は店で男といちゃついて、弟は夜の公園で男といちゃついてんのか。そー言えば、お前のお袋、借金踏み倒したあげく男つくって逃げたんだってなぁ。親も親なら、子供も子供だぜ」

「…この野郎……」

ため込んだ怒りを吐き出すように、村雨が低くすごんだ。

「村雨……」

「氷樫、お前、先に帰れ」

村雨はジーンズのポケットから出した千円札を、氷樫の手に押しつけ耳打ちした。

「俺があいつら引きつけてる間に、走って公園出て、バス通りに出たらすぐにタクシー拾え。いいな」

「ダメだよ、そんなの……」

「何をごちゃごちゃ揉めてんのかな、氷樫君……」

いつの間に後ろに回られたのか、いきなり肩に手を回され、氷樫は思わず「わっ!」と叫んだ。

「てめぇ、何しやがる!」

氷樫より素早く反応した村雨が、男の胸ぐらを摑み氷樫を背後に庇ってくれた。

「早く行け!」

低く言うなり、村雨の拳が男の顔面にヒットした。

「ぐえっ!」と濁った悲鳴が響き、途端に周囲は騒然としていた。

あっと言う間に始まってしまった乱闘から、どうやって逃れ出たのか記憶がなかった。

気がつくと、氷樫はデイパックを胸に抱きしめ、公園の片隅で惘然と立ち尽くしていた。

目の前では村雨が五人の不良たちを相手に、前回と同じ大立ち回りを演じている。

容赦なく殴りつけ、力任せに蹴り飛ばす。不良たちも負けずに殴り返しているが、どう見ても村雨の方が喧嘩馴れしているように見える。

だが、多勢に無勢である。このままでは、また村雨が傷つけられてしまうかもしれない。

この前は、警察だと叫んで時間を稼いだが、同じ手がまた使えるだろうか――。

オロオロと考えていた氷樫は、いつの間にか乱闘の中からひとりの男が抜け出したことに気がつかなかった。不意に背後から酒臭い息をうなじに吹きつけられ、氷樫はゾッと総毛立った。

ぎょっとして振り向くと、額に剃り込みを入れた男がニヤニヤと薄笑いを浮かべて立っている。

「来いよ。俺たちは俺たちで、お楽しみといこうぜ」

剃り込み男に腕を摑まれ、植え込みの陰に引きずり込まれそうになり、氷樫は必死に暴れた。

「放せよっ！」

デイパックをメチャクチャに振り回すと、口が開いたままになっていたらしく、中に入れてあった物がバラバラと周囲に飛び散ったが、そんなことに構っていられる余裕はない。

振り回したデイパックが剃り込みの顔にぶつかると、昼間、書店で買って入れてあった本の角でも当たったのか、ゴツッと硬い手応えがした。

「…ってぇ……」

顔を歪めた男が一瞬怯《ひる》んだ隙に走って逃げようとしたが、躓《つまず》いて転んでしまった。

「この野郎……」

弾みで切れたらしい唇の端を拳で拭い、剃り込みが怒りに目をぎらつかせて氷樫に近づいてくる。

「来るなっ！」

尻でずるように後退りながら掠れ声を振り絞った時、手の先に何か硬い物が触れた。

手触りで、細長いそれが革のシースに入ったナイフだとすぐに分かった。万が一の護身用にと思って持ってきたのだが、恐怖と混乱で持ってきたことすら忘れていた。

先ほど、デイパックを振り回した時に、外に飛び出してしまったのだろう。

近づいてくる男を見ながら、氷樫はそっとナイフを引き寄せた。

「そんなに怖がらなくたっていいじゃないか」

「来るなって、言ってんだろ！」

後ろ手に握り直したナイフを、シースに入れたまま、剃り込み男に向かって突きだした。

氷樫の精いっぱいの威嚇を、剃り込み男は小馬鹿にしたように受け流した。

「そんな似合わねぇもん、振り回してんじゃねぇよ」

一撃で氷樫の手からナイフを弾き飛ばすと、男は酒臭い息を吐きながらのしかかってきた。

「いいじゃねぇかよ。村雨にはヤラせたんだろ。だったら、俺にもいい思いさせろよ」

「い、嫌だっ……！　やめろっ……」

氷樫は、ぎゅっと目を閉じて喚いた。全身鳥肌が立って、手も足もガタガタふるえ力が入らない。

胸元に唇を押しつけられ、嫌悪感で気が遠くなりそうになった時、突然、男の重みが消えた。

恐る恐る目を開けると、村雨が凄まじい形相で剃り込み男の衿首を摑んでいた。

「てめぇ、この野郎。亮彦に何をしたっ！」

咆吼のような怒声とともに、重そうな拳が男の腹にめり込んだ。

濁った呻き声を上げて地面に這《は》い蹲《つくば》った剃り込み男を、村雨は容赦なく蹴り上げた。

蹴り飛ばされ、男は憎しみに目をぎらつかせて村雨を睨めつけている。

次の瞬間、男の手に氷樫のナイフが握られているのを見て、氷樫は「あっ！」と叫んだ。

「村雨、危ないっ！」

それから先は、スローモーション映画を見ているようだった。

剃り込み男がシースから抜きはなったナイフを振りかざして村雨に切りつけ、それを辛うじて躱《かわ》した村雨は男からナイフを奪い取ろうとした。

揉み合いになったふたりの影が縺れるように重なり、突然、硬直したように動きを止めた。

大きく見開いた目で虚空を見つめた男が、一歩、二歩とよろめくように後退り膝から崩れ落ちた。

男の脇腹が赤黒く染まっているのに気づき、氷樫は凍りついたように目を見開いた。

そして、村雨の手に握られた血塗れのナイフを、息をするのさえ忘れて見つめていた。


「…先生……」

公判記録に目を通していた氷樫が顔を上げると、デスクの前に根本が青ざめた顔で立っていた。

「お客様です」

「…客……？」

根本の普通ではない様子に眉を顰めながら、氷樫は首を傾げた。

今日はもう、面談の予定は入っていなかったはずだが——。

すると根本は氷樫の傍らへ回り込み、腰を低く屈め耳元で声を潜めて囁いた。

「村雨様と仰っています」

「…えっ……？」

根本は唇の前に人差し指を立てると、さらに声を落とし「七尾のサメが来たと言えば分かる。氷樫弁護士を出せと言っています」と早口で言った。

「いったい、なんの用があって来たんでしょう。田辺さんの裁判はもう終わったのに……。警察を呼びましょうか？」

怯えた声に慌てて首を振って、氷樫はゆっくり立ち上がった。

胸の底に緊張を感じながら大股で事務所を横切り、パーティションの陰から顔を覗かせる。

昼間、地裁で会った時と同じスーツ姿で、腕組みをした村雨が傲然《ごうぜん》と立っていた。

氷樫の顔を見ると、村雨はしれっとした顔で肩を竦めた。

「村雨……」と、氷樫は脱力気味に苦笑した。

「いいかげんにしろよ、秘書が怖がってるじゃないか」

ため息交じりに詰《なじ》った氷樫の声に、背後で根本がヒッと息を呑んでいる。

「根本さん、心配しなくても大丈夫だから。実は、俺と村雨は高校の同級生なんだ」

「…えっ！　……ええっ……！」

安心させようとしたのだが、根本はさらにショックを受けてしまったようで、ぎょっと目を見開いたまま氷樫と村雨を交互に見ている。

「…そ、それは大変、失礼いたしました」

辛うじて態勢を立て直したものの、まだ動揺は収まっていないらしい。

いつもなら客を応接スペースへ案内するのは根本の役割なのに、それも忘れて逃げるようにキッチンへ飛び込んでしまった。

「相談なら、予約をして出直せとかゴチャゴチャ言うからつい……。悪く思うな」

村雨がヤクザだと気づき、根本なりになんとか撃退しようと試みてくれたのだろう。

「だからって、俺の事務所で無駄に凄むなよ」

氷樫に促され、ソファに腰を下ろしながら、村雨はくすりと悪戯っぽく笑った。

笑うと、高校生の頃の面影が色濃く出て、氷樫は胸を衝かれる思いがした。

「もうだいぶ前になるが、彼は浅井組とのトラブルに巻き込まれてひどい目に遭ったことがあるんだ。その時、浅井組の連中に、四の五の言ってると七尾のサメに埋めさせると脅されたらしい」

訝しげに、村雨は眉を寄せた。

「なんで俺が、浅井のシノギに首を突っ込まなくちゃならないんだ」

「浅井組と七尾組は、組長同士が兄弟の盃を交わしてるからじゃないのか？」

「確かに、ウチのオヤジと浅井のオジキは五分の兄弟だが。いくら親戚筋だからって、俺が浅井の汚れ仕事まで被ってやる義理はない。おおかた、お宅の秘書がなかなか言いなりにならないから、脅しのネタに俺の名前を騙《かた》ったんだろ」

「……そうなのか……」

「ああ。それに、今は暴対法で締めつけが厳しいからな。うっかり素人なんかに手を出してみろ、組ごとサツにがっさり持っていかれる。強面が幅を利かせたのは昔の話だ」

「……という話らしいよ、根本さん」

ちょうど後ろからコーヒーを持って現れた根本を、氷樫は首を捻《ねじ》るように見上げた。

コーヒーカップの載った盆を持ち、根本は引き攣った笑みを浮かべている。

「でもまさか、おふたりが高校の同級生とは思いませんでした」

「今日、地裁で十八年ぶりにばったり会ったんだ」

「そうでしたか……」

「根本さん、急ぎの仕事がないなら、今日はもう上がっていいよ」

どうにも落ち着かなげな顔をしている根本を氷樫が気遣うと、根本はあからさまにホッとした顔をしたが、すぐに案じるような眼差しを向けてきた。

「…でも……、よろしいんですか……？」

「うん。笹川先生には、あとでちゃんと電話しておくから」

そういう意味ではなくて、と目で訴えかけてくる根本に、氷樫は困ったように笑った。

「こう見えて、高校時代の俺はけっこうな問題児でね。根本さんには、あんまり聞かれたくない昔話もあるんだよ」

半ば冗談、半ば本気で言いながら、氷樫は強《し》いて戯けるように肩を竦めた。

どこまで真剣に受け取ったのか、根本は口元だけでうっすらと笑っている。

「それでは、お先に失礼させていただきます」

「お疲れさま」

あたふたと帰り支度をした根本がいなくなると、途端に室内の温度が二、三度下がった気がした。

空気密度がぎゅっと濃くなって、胸の奥に緊張感が兆してくる。

ぬるくなってしまったコーヒーを一口飲み、氷樫は緊張を解そうと小さく咳払《せきばら》いをした。

そんな氷樫の前で、村雨は余裕たっぷりに座っている。

改めて見ると、十八年ぶりに再会した村雨は、十代の頃の青臭さが削げ落ちて、大人の男の風格を漂わせていた。恐らくそれは、村雨が潜り抜けてきた修羅場の数が磨き上げたものだろう。

ソファの背もたれにゆったりと身を預けている村雨の、膝の上に置かれた両手を、氷樫はさりげなく観察した。両手の指は、十本すべて揃っていた。

ヤクザでも、上へのし上がって行く器量を持った男は、やたらと指を落としたりはしないものだ、と、暴力団を担当している組織犯罪対策課の刑事に聞いたことがあった。

『どこの組だって、幹部連中はみんな指がちゃんと揃ってますよ。ぺーぺーのチンピラのうちに指を落とすハメになるようなドジ踏むヤツは、所詮、その程度の力量しかないということです』

村雨も、『七尾のサメ』と異名を取るほどの手腕を発揮し、親戚筋の組員までが威光を借りたがるほどの地位を築いてきたということか。

でも、どうして村雨はヤクザになどなったのだろう。

胸の裡で、氷樫はひっそりと嘆いた。

氷樫が知っている村雨は、確かに喧嘩っ早かったし、お世辞にも素行がいいとは言い難い男だった。でも、誰にでも見境なく暴力をふるったり、弱い者に因縁をつけたりするような男ではなかった。

やはり、十八年前のあの事件のせいなのか――。

喉元まで出かかった問いは、どうしても発することができなかった。

十八年前のあの夏の夜――。

騒ぎに気づいた、公園近くの住民の通報で駆けつけた警察官に、氷樫を含め全員が補導された。

村雨に刺された男は救急車で病院へ搬送され、氷樫たち残りの者は所轄署へと連れていかれた。

事件直後は、ショックのあまり茫然自失状態だった氷樫だが、パトカーに乗せられ警察署へついた頃には腹を括《くく》ってしまっていた。

事情聴取で、氷樫はナイフは自分が護身用に家から持っていった物だと正直に答えた。刺された男から逃れようとして、最初にナイフを持ち出したのも自分であること。それをあの男が奪い取り、氷樫を助けようとした村雨に切りかかった経緯を冷静に説明した。

村雨があの男を刺してしまったのは、男から身を守ろうとした結果で正当防衛だと訴えた。

ところが――。

『友達を庇いたいのは分かるけど、嘘をついちゃいけないな。君のためにならないよ』

取り調べに当たった父親くらいの年齢の警察官は、噛んで含めるような口調でそう氷樫を諭した。

氷樫は、何を言われているのか分からなかった。自分は正直に事実を話している。誰も庇ってなんかいないと訴えたが、どうしても取り合ってもらえなかった。

あとになって、村雨がナイフは自分が氷樫から捲き上げた物で、現場に持ち込んだのも自分だと主張していたことを知った。

『氷樫の家に遊びに行った時に見つけて、すげーカッコイイと思って気に入ったから、寄越せっていって取り上げたんだ。アイツ等と喧嘩になった時に、俺が落としたのを氷樫が拾ったんだと思う。多分、自分のだから、取り戻そうと思ったんじゃねえの』

ふてぶてしい態度でそう供述した村雨には、中学時代にも喧嘩沙汰で補導歴があった。

開校以来の秀才との誉れ高い氷樫の主張ではなく、粗暴で学校からも目をつけられていた村雨の言い分を警察は信用したのである。

その後、家裁が下した裁決は、氷樫は不処分、喧嘩相手の不良少年たちは保護観察処分だった。

だが村雨だけは、六か月間の初等少年院送致となった。

氷樫が必死に訴えた、村雨の正当防衛は認められなかったのである。

十八年たった今、村雨の中であの事件はどんな位置づけをされているのだろう。

氷樫だけが不処分だったのを、心の底では不服に思っているのではないか。自分だけが少年院送りとなったことを、恨む気持ちは残っていないのだろうか。

村雨が氷樫に対し含むところがあるとしても、それは至極当然のことであると思う。

居住まいを正し、氷樫はすっと息を吸い込んだ。

「……十八年前、村雨が庇ってくれたおかげで、俺はなんの処分も受けずにすんだ。本当なら、俺も銃刀法違反で処分されるべきだったのに……」

もしあの時、ナイフは氷樫が護身用に所持していたものだと判明していたら、氷樫だって不処分ですむことはなかったかもしれない。

何しろ、刃渡り十センチあまりの登山ナイフである。持ち歩くだけで銃刀法違反に問われると、今なら誰よりよく知っているが、まだ十五歳だった氷樫に残念ながらそんな知識はなかった。

あの夜、自分がナイフを持って行きさえしなければという悔いは、十八年間、氷樫の心に抜きがたい棘となって刺さったままだった。

「村雨には、本当に申しわけないことをしたと思ってる」

真摯《しんし》な気持ちで詫《わ》びると、氷樫は深く頭を下げた。

「今さら遅いかもしれないが、どうか許してくれ」

「よせよ、昔の話だ……。第一、俺はなんとも思っちゃいない」

「本当に、そう言ってくれるのか？」

「当たり前だ。別に誰に頼まれたわけじゃない。俺が自分で決めてやったことだ」

さらりと言って、上着の内ポケットからケントの箱を取り出すと、村雨は一本振りだした。

「……悪い。ウチの事務所、禁煙なんだ」

少々ばつの悪い思いで言った氷樫の顔を、村雨は火のついていない煙草をくわえたまま、まじまじと見つめてきた。

「冗談だろ」

「俺も根本さんも煙草吸わないし、受動喫煙《じゅどうきつえん》の問題もあるから思い切って禁煙にしたんだ」

「お前、昔はそんなうるさいこと言わなかったじゃないか」

「あの頃は、副流煙《ふくりゅうえん》なんて知らなかったし。村雨も、できれば健康のために禁煙した方がいいよ」

老婆心ながらそうつけ足すと、村雨はさも嫌そうに眉を寄せた。

ああ、昔と同じ顔をしている……、と氷樫は思った。

胸を締めつけるような切なさとともに、甘酸っぱい懐かしさがこみ上げてくる。

「お姉さんは、元気？」

「多分、元気だろ……。もう十年近く会ってないからな……」

「どうして？」

「結婚したんだ。お袋と同じで、相手は店の常連客だったが、お袋と逃げた男と違って、姉の相手は生真面目な会社員だった。男の家族は大反対したらしいが、どうにか結婚まで漕ぎ着けた。両親を早く亡くして、ひとりぼっちで頑張ってきた健気な女性ってことにして、男が両親を説得したらしい」

「…ひとりぼっちでって……」

「俺はいないことになってんのさ。それでなくても水商売の女なんてって非難されてんのに、その上前科者の弟までいちゃな。いいから、いないことにしとけって、俺が言ってやったんだ」

「前科者って、そんな言い方……」

少年院は警察や裁判所に前歴が残るだけで、前科は公に出ないはずなのに——。

遣り切れなさに、氷樫は項垂れるように俯いた。

村雨にそんな負い目を背負わせたのは自分だと思うと、村雨の顔をまともも見ることができない。

「何か勘違いしてないか。組へ入ってから、俺はムショへもツトメに行ってきたんだ」

「…えっ……」

『七尾のサメ』

村雨の二つ名が、脳裏に蘇ってくる。いったい、何をしたのか、とは訊きかねて、氷樫は黙って村雨を見つめた。

手にしていた煙草の箱を上着のポケットに落とし込み、村雨はゆったりと脚を組んだ。

「年少は進級制だから、生活態度が悪かったり規律違反があると、出院が延びるのは知ってるだろう」

話を戻した村雨は、自分の前科について話す気はないらしかった。氷樫がうなずくと、村雨は「俺は出院までに七か月かかった」と苦笑いするように言った。

六か月の予定が一か月延びたということは、少年院でも村雨は何かしら揉め事を起こしたのだろう。

「出院してすぐ、俺はお前を捜した。でも、見つけられなかった」

「あのあとすぐ、俺は母と一緒に横浜《よこはま》へ移ったんだ。それから、父の異動で札幌《さっぽろ》へ行った」

「…そうか……」

まさか息子が、傷害事件を起こすような不良少年とつき合っているとは思わなかった氷樫の両親は、事件を知り卒倒しそうなほど驚愕《きょうがく》した。

何しろ成績は抜群だし、登校拒否気味であることを除けば、性格も温和でさしたる問題はないと信じていたのである。

それがいきなり、傷害事件絡みで警察に補導されたと知り、父親は激怒し母親は泣き腫らし憔悴《しょうすい》していた。そして、これ以上息子が脇道に逸れないようにするために、早急に環境を変える必要があると考えたようだった。

家裁で不処分の決定がでるとすぐ、氷樫は父親の命令で母とともに母の実家がある横浜へ移ることとなり高校も転校させられることになった。

横浜へ行かされてしまう前に、氷樫はひと目でいいから村雨に会いたかった。

だが、事件の夜、傷害で逮捕された村雨は、在宅で手続きが進められた氷樫と違って、観護措置《かんごそち》として少年鑑別所へ収容されていた。

面会はできなかったが、手紙のやり取りは認められていたから、氷樫は何通も手紙を書いて出したが、村雨からは一度も返事が来ていなかった。

このまま横浜へ移ってしまったら、連絡も取れなくなってしまう。

そう思ったのだが、村雨は少年鑑別所から初等少年院へ移送されてしまった。

鑑別所と違って少年院は、面会はもちろん、手紙のやり取りも三親等以内の親族にしか認められていなかった。仕方なく、氷樫は両親の目を盗み、こっそりと村雨の姉に手紙を託したが、やはり村雨から返事が来ることはなかった。

母とふたりで横浜へ転居して半年後、またもや父の異動が決まった。異動先は札幌だった。札幌で、久しぶりに親子三人揃っての生活が始まり、氷樫はそこで高校を卒業した。

村雨が少年院を出るまでに七か月かかったということは、ちょうど時期的に村雨の出院と氷樫の札幌転居が重なることになる。もしも、出院した村雨が横浜まで訪ねてきたとしても、氷樫はもうそこにはいなかっただろう。

「メシでも食いに行くか」と村雨が言った。

「煙草も吸えない事務所に、いつまで居ても仕方がない」

氷樫が何か答えるより早く、村雨の懐から着信を知らせる電子音が鳴り響いた。

「なんだ」

携帯電話を耳に当てた村雨が低く答える。

「……分かった」

短く答えて電話を切ると、村雨は「悪いが、予定が変わった」とだけ言って腰を上げた。

スーツの内ポケットに携帯電話を落とし込みながら、出入り口へ向かってさっさと歩いていく。

ドアノブに手をかけたところで、村雨は見送りに立ってきた氷樫を振り向いた。

「俺が、ここへ何をしに来たか分かるか？」

「えっ……」

十八年ぶりに再会して、懐かしかったからではないのか——。

戸惑いに視線を揺らした氷櫻の腕を、村雨が痛いほど強く摑んだ。

「今度こそ、お前を俺のものにするために、だ」

グッと引き寄せられ、抗《あらが》う間もなく抱き竦められていた。

驚きに薄く開いたままだった唇に、村雨の唇が重なってくる。

逃れようともがいたが、氷櫻を拘束している腕の力は微塵《みじん》も揺るがなかった。

口の中に煙草の苦味が広がり、熱く獰猛《どうもう》な舌に手もなく絡め取られる。

「……んっ……」

引き抜かんばかりに強く吸われ、思わず鼻で呻くと、宥めるように髪を撫でられた。

そのまま掌《てのひら》で背筋を撫で下ろされると、身体の芯をゾクリとする感触が走り抜け膝がふるえる。

村雨は氷櫻の唇を包み込むように愛撫《あいぶ》し、歯列をそろりと舐めてから、逃げ惑う舌先をやんわりと甘く噛んだ。その生々しい刺激が、背筋を伝わり腰まで響く気がする。

びくりとふるえた氷櫻の顎に軽く手を添え、村雨は角度を変え、浅く深く氷櫻の唇を貪《むさぼ》った。

エアコンが効いているはずなのに、ひどく暑かった。身体の内側から発する熱が、痺《しび》れるような快感となって氷櫻を包み始めている。

ふらりとよろけた氷櫻を抱き支え、村雨は割り開いた両脚の間に太股を擦りつけてきた。

もうほとんど腰が砕けたようになっている氷櫻の股間を、村雨の太股が絶妙な感触で愛撫している。

「……っぁっ……」

とうとう立っていられなくなり、氷櫻は思わず村雨の分厚い肩に縋りついていた。

破裂しそうなほど心臓が激しく拍動し、耳の奥では寄せては引く波の音が遠く響いている。

ダメだ……と、氷樫は村雨の背中を叩いて必死に訴えた。このままでは、達《い》ってしまう——。

否応もなく、氷樫が頂点への階段に足をかけた時、不意に村雨の懐で再び電子音が鳴り響いた。

氷樫を抱き込み愛撫を続けながら、村雨は器用に携帯電話を取りだし応答している。

「今行く。五分待て」

慌ててもいなければ、苛立ってもいない。最初に電話を受けた時と、寸分違わぬ冷静な声だった。

強《したた》かに後頭部を殴られたようなショックを受け、氷樫は渾身の力を振り絞って村雨の腕から逃れ後退った。力の入らない身体を受付カウンターに預け、唇を噛み締め悄然と村雨を睨みつける。

全身が火照《ほて》っているのは、易々と乱された羞恥のせいなのか、それとも快感か——。

「また来る」

髪一筋も乱れていない顔をしてそう言い残し、村雨は事務所から出ていった。

パタンとドアが閉まった瞬間、氷樫はずるずると床にへたり込んでいた。


「分かりました。それでは、この方針で損害賠償請求を進めることにしましょう」

「お願いします。でも、お金ではないんです。わたしたちが望んでいるのは……」

言葉に詰まりハンカチを口に押し当てた小柄な女性に、氷樫はできるだけ優しくうなずいた。

嗚咽《おえつ》を洩《も》らす女性の傍らでは、初老の男性が何かに堪えるように女性の丸い背中をさすっている。

笹川弁護士から依頼されたのは、交通事故の損害賠償訴訟だった。

市原《いちはら》夫妻はともに再婚同士という話だった。お互いにもう若くはなかったので子供は諦めていたが、幸いにもひとりの女の子に恵まれた。

その掌中の玉として大切に守り育ててきたひとり娘を、夫妻は交通事故で失ってしまったのである。

「分かっています。裁判を起こす一番の目的は、事故の真相解明です。残念ながら、交通事故は数多く起きていますが、一つとして同じ事例はありません。型にはめて解決するようなことはけしてしませんから、どうぞご安心ください。お嬢さんの無念を、少しでも晴らせるよう力を尽くします」

「ありがとうございます……」

深々と頭を下げ立ち上がった市原夫妻は、互いを支え合うようにして事務所を出ていこうとした。

「いい先生を紹介してもらえてよかった……」

夫の声に妻が啜り泣きながらうなずいた時、ノックもなくドアが開いた。

入ってきたのが村雨だと分かると、氷樫は思わず額に手を当てた。

また来ると言って帰って行ってから、村雨は度々事務所を訪れるようになっていた。

目の前に立ち塞《ふさ》がるように立った村雨を、夫婦が驚いた顔で見ている。何しろ、どこからどう見ても堅気には見えない男が、突然現れたのだからぎょっとするのも無理はない。

せっかく、いい弁護士先生を紹介してもらってよかったと思っていたのに、一気に募った不安はあっという間に不信感にすり替わってしまう。

恐る恐る振り向いた夫婦に、氷樫は何事もなかったかのように取り敢えず微笑んで見せた。

すかさず、根本が「また、こちらからご連絡させていただきますので」とフォローしてくれた。

それへ引き攣った笑みで応えつつ頭を下げると、市原夫妻は逃げるように帰って行った。

「村雨！　営業妨害だから、ここへは来るなと言ったはずだ」

村雨との間に横たわる性的な疚しさも相俟って、自分たちに注がれているはずの根本の視線を意識すると、どうしても無駄にテンションが上がってしまう。

そして、そのことにばつの悪さと自己嫌悪を感じるが、どうにもならない。

表立っては何も言わないが、足繁くやってきては我が物顔で振る舞う村雨と自分の関係について、根本が内心どう思っているのかも気になってしまう。

いくら十八年ぶりに再会した昔馴染みとはいえ、村雨は少々馴れ馴れしすぎるのではないかと不審に感じているのではないか。

村雨と氷樫の関係について、根本は何一つ詮索してこないが、間違っても村雨が氷樫に対して抱いている、不埒《ふらち》な感情にだけは気づかれたくない――。

「一時間ほど身体が空いたんだ」

氷樫の文句などきれいに無視して、村雨はさっさとソファに腰を下ろしながらしれっと言った。

七尾組幹部として、村雨は分刻みのスケジュールをこなさなければならない身であるようだった。

顔見知りの警察関係者から聞いたところによると、次の若頭襲名は間違いない、と目されている実力者であるらしい。

下の者に対してもやたらと兄貴風を吹かすこともなく、義理堅くて面倒見がいいというので、組の若い者にはたいそう慕われているとのことだった。

「……一時間も居座るつもりか？　ここは、俺の仕事場なんだぞ」

市原夫妻に出したコーヒーカップを片づけてくれている根本の横顔をちらりと窺いながら、氷樫はことさら突っ慳貪に返した。

「もう七時半だ。今ので、今日の予定は終わりなんだろ？　居座られるのが迷惑なら、外へメシでも食いに行こうぜ。腹が減った」

「断る」

「どうして？」

「弁護士の氷樫は、ヤクザと馴れ合ってる、なんて噂が立ったら困るんだ」

「仕事がなくなったら、俺の口利きで七尾のオヤジの顧問にしてやるから心配するな」

「バカ言え！」と氷樫は声を荒らげた。

「俺に、暴力団の御用弁護士になれと言うのか？　そんなのは、真っ平ゴメンだね」

「どうして？」

答えは分かっているくせに、村雨はまるで氷樫を追い詰めるように平然と問い返してくる。

気まずさについ目を逸らしながら、氷樫は「ヤクザは嫌いだ」と正直に答えた。

「俺のところへも、暴力団絡みの相談にくる依頼人がいる。秘密厳守で相談に乗ってるのに、その事務所に実はヤクザが出入りしていると知られれば、俺の信用にも関わる」

「なるほど……」

些《いささ》かの痛痒《つうよう》も感じていない表情でうなずきつつ、村雨は懐から出した煙草をくわえ火をつけた。

「おい！　ここは禁煙だと、何度言ったら分かるんだ」

「堅いこと言うなよ」

ふーっと気持ちよさそうに紫煙を吐き出しながら、村雨はにこっと笑った。

「今日はちゃんと、携帯灰皿持ってきたから」

「そういう問題じゃないだろ」

どっと脱力して、氷樫はため息をついた。

「いいから、座れよ。あんまり怒ってばかりいると、身体に障るぞ」

ああ言えばこう言う村雨に根負けして、氷樫はしぶしぶ村雨の向かいに腰を下ろした。

すると、それを見計らったように根本がコーヒーを淹れて持ってきてくれた。

「ありがとう。面倒かけて悪いな」

「根本さん、コーヒーなんか淹れなくていいよ。ウチは、ヤクザにはサービスしないんだから」

「まあ、そう仰らず……」

初めは、村雨が来る度にビクビク怯えていた根本も、毎回の氷樫と村雨の応酬を聞かされるうちに、いつの間にか耐性ができてしまったらしい。今では逆に、根本の手前もあって、ことさら無愛想な態度を取りがちな氷樫を宥める側に回ったりしている。

「外へ食事にお出にならないのでしたら、何か出前でもお取りしましょうか？」

「…根本さん……」

困惑する氷樫をやんわり諭すように、根本は優しく微笑んだ。

「村雨さんも、ここへはプライベートでおいでになっているようですし……」

「お前より、秘書の方が話が分かるみたいだな」

懐から携帯電話を取り出しながら、村雨が苦笑するように言った。

「俺だ」

回線が繋がった途端、村雨が高飛車に言い放った。

「氷樫弁護士事務所に特上寿……」

村雨が何をしようとしているのか悟った瞬間、氷樫は村雨から携帯電話を奪い取り回線を切った。

「お前は……！」

握り締めた携帯電話が、着信を知らせている。

幹部からの連絡が突然切れてしまったので、電話を受けた相手がすぐさまかけ直してきたのだろう。

鳴り続ける電話に慌てる気配もなく、村雨は面白そうに氷樫を見ている。

「……ヤクザに奢ってもらうわけにはいかない。寿司《すし》なら俺が取ってやる」

「そうか。悪いな」

しれっとして、村雨は氷樫から携帯を取り返した。

「さっきの話はナシだ」

それだけ言って電話を切ると、村雨は片頬だけで薄く笑った。

背後からは、根本が寿司屋へ注文の電話をしている声が聞こえた。まさかの、阿吽《あうん》の呼吸である。

「氷樫弁護士事務所ですが……。特上の握り寿司を二人前……」

「根本さん、並みでいいから！　それから、根本さんの分も頼んで……」

慌てて叫んだが、根本は「すみません。もう頼んでしまいました」と首を竦めている。

「それじゃ、根本さんの分、追加注文して」

「いえ、わたしはもう失礼しますので……」

そう言うと、根本はあろうことか村雨に向かい「どうぞ、ごゆっくり」と挨拶して帰っていった。

「大物だな」

ソファにふんぞり返った村雨が、感心したように呟いた。

「腹が据わってる」

「誰のせいだよ……」

ぶつぶつとこぼし、氷樫はすっかり冷めてしまったコーヒーを飲んだ。

村雨とふたりきりになった途端、風船の空気が抜けるように、氷樫の勢いも萎《しぼ》んでいた。

同時に、心の底がひび割れて、村雨に対する負い目が滲みだし、ひたひたと胸の裡を浸していく。

村雨には、十八年前の返そうにも返しきれない借りがあるというのに、今また、自分は村雨を拒絶しようと言うのか――。

そんなことができるはずがないと思う一方で、ヤクザの幹部にまでなった村雨と、弁護士である自分はどう向き合えばいいのか分からない。

何より、自分は村雨の想いを受け入れることができるのか――。

氷樫の混迷など知らぬげに、村雨はすました顔で煙草を吸っている。

そんな村雨の顔色を窺うように、氷樫はそろりと切り出した。

「どうして、ヤクザになんかなったんだ」

「さあな……。流れのままに身を任せていたら、いつの間にかそうなってた」

短くなった煙草をポケットから出した携帯灰皿の中へ落とすと、村雨は二本目の煙草に火をつけた。

胸の奥深くまで吸い込んだ紫煙を、まるでため息のように吐き出す。

「年少送りになって高校も退学になって……。姉は専門学校へでも入り直せと言ってくれたが、そんな余裕はないのも知ってたしな。取り敢えず、バイトしてたバイクショップで働きだしたんだが、俺が戻って来たと知って、例のヤツらが嫌がらせに来るようになったんだ」

「例のヤツらって、森戸山公園で喧嘩になった連中か？」

　村雨はうなずいた。

「それで居づらくなって、バイクショップを辞めて、姉の知り合いのバーを手伝うことになった」

「十八歳未満だと、二十二時以降は働けないはずだぞ」

「一応、開店前の準備作業だけって約束で入ったんだが、そこはほら、本音と建前ってやつで……」

「何が本音と建前だよ……」

　顔をしかめた氷樫に、村雨は悪戯っぽい笑みを浮かべ肩を竦めた。

「まあそう言うな。過ぎた話なんだから。で、そこのバーに七尾の下部団体、澤井《さわい》組の吉田《よしだ》って男が客で来てたんだ。で、そいつに組へ来ないかと誘われた……」

　ドアをノックする音がして、寿司屋の出前が届いた。

「毎度ありー。きく寿司でーっす」

　氷樫が立っていくと、まだどこかあどけなさを残すニキビ顔の少年が岡持《おかもち》を持って立っていた。

　受け取った寿司桶からは、さすがにいい匂いがして空腹を刺激する。

「ご苦労様。いくら？」

「えーっと……。九千と七十二円です」

　うっわー、と氷樫は内心で顔をしかめた。経費節減を旨としているのに、なんでこんな臨時出費を強いられなければならないのかとケチくさいことを思ってしまう。

「ちょっと待って……」

やれやれとため息をつき、受け取った寿司桶をひとまずカウンターに置いた。

それから、スラックスのポケットから財布を取りだした。五千円札と千円札を数え、七十二円の小銭をモタモタ探しているところへ奥から村雨が出てきた。

「釣りはいらないから」

「いいんすかー？　すいません。ありがとーございましたー」

止める間もなく、差し出されたピンピンの一万円札を受け取って、出前持ちの少年は意気揚々と帰っていった。

「おい！」

「気にするな」

「俺の分は払うからな」

「好きにしろ」

憮然として、氷樫が寿司桶を持って戻ると村雨の姿がない。どこへ行ったのかと見回すと、ちゃっかりキッチンへ入り込んでいた。

「何をしてるんだ」

「…何って、冷蔵庫にビールでも入ってないかと思って……」

「そんなもん、あるわけないだろ。勝手なことするな」

慌てて見に行くと、電気ポットの湯を使って、村雨が客用の茶碗《ちゃわん》にお茶を淹れていた。

「知ってるか？　組へ入ると、まずやらされるのはお茶くみとトイレ掃除だ」

「そんなこと知るわけないだろう」

「俺はガキのくせに茶の淹れ方が上手《うま》いって、オヤジに褒められたんだぜ」

ちょっと得意げに言って笑うと、村雨は茶碗を一つ氷樫に差し出した。

反射的に受け取ってしまった氷樫のばつの悪そうな顔を見て、村雨はおかしそうに含み笑っている。

「さあ、食おうぜ。腹が減った」

悠然とソファへ戻って行く村雨の背中を見やり、氷樫は思わずため息をついた。

「それで、さっきの話の続きだが……」

「最初に誘われた時は断ったんだ。組に入るつもりはないって……。バーテンの仕事も面白そうだったから、仕事を覚えて金貯めて、いつか自分の店でも持てればと思ってたしな」

寿司をつまみながら、村雨は淡々と話した。

「バーで働き始めて一年ちょっと経った頃、姉が入院した」

「お姉さんが……？」

「手術することになったんだが、金がない。何しろ、貯金は俺の示談で使い果たしてたし」

「そうか。示談金か……」

伏し目がちに、村雨は小さくうなずいた。

「ああ。不肖の弟のために、姉はなけなしの貯金を全部吐き出してくれたんだ」

少年審判で、少しでも弟の心証がよくなり処分が軽くなるようにと、村雨の姉は弟が刺してしまった男に示談金を支払ったのだろう。

「バーの店長に頼んで前借りさせてもらったんだが、とてもそれだけじゃ足りない。仕方なく、サラ金からも借りた。姉に言えば心配すると分かってたから、サラ金のことは内緒にして店で前借りした分で払ったことにしたんだが。あっと言う間に、借金が膨れ上がって利息も払えなくなった。そうしたら、それを知った吉田が、店のない昼間、自分の使いっ走りをする条件で肩代わりしてやると言ったんだ。なんのことはない。俺が借りたサラ金は、澤井組の息がかかったところだったんだ」

肩を竦め、村雨はうっすらと苦笑した。

「それで、組へ入ったのか……」

自分で淹れたお茶を美味《うま》そうに飲み、村雨は首を振った。

「その時は、準構成員にも入らない、ただの使いっ走りだよ。まあでも、借金肩代わりしてもらった以上、それだけじゃすまないことは薄々感じてたけどな……」

吉田という男は、それほど村雨には見所があると見込んでいたのだろう。

要するに、村雨は借金のカタに自分を差し出したということなのだ、と氷樫は苦く思った。

使いっ走りにしろなんにしろ、一度、暴力団と関わりを持ってしまったら、そこから抜け出すのは容易ではない。

「でも、話を聞いてると、誘われたのは七尾組の下部団体の澤井組なんだろう？　どうして、今はその上の七尾組にいるんだ」

「七尾のオヤジに、引き上げてもらったのさ」

「えっ……？」

「結局、澤井のオヤジから、正式に盃もらうことになって、俺は澤井組に入った。で、吉田について組の仕事を覚えるようになって、何度か七尾組へ顔を出す機会もあった。そこで、七尾のオヤジに目をかけてもらった。俺をもらい受けたいと、七尾のオヤジが澤井のオヤジに申し入れてくれて、盃を直すことになったんだ」

「そんなことがあるのか……」

「あるさ……」と村雨は平然と言った。

「俺たちの世界は、徹底した実力主義だからな。上に使えないと判断されたが最後、使い捨ての鉄砲玉にされて、うだつの上がらないままムショと娑婆を行き来して終わることになる。それが嫌なら、実力でのし上がるしかない。堅気の世界じゃ、下請け会社の平社員が、いきなり親会社へ引き抜かれるなんてまずないだろ。でも、俺たちの世界じゃアリなんだ。力量を認められれば、親の親のその上にまで引き上げられることだってある。兄貴面して顎でこき使ってた弟分が、歪直して上部団体の一員になったら、その日から今度は自分が頭下げて礼を取らなければならない。そういう世界だ」

いったい、どれほどの修羅場を潜り抜けて今の村雨があるのかと思うと、聞いていて氷樫は目眩がしそうな気がした。

「村雨が組に入った経緯、お姉さんは知ってるのか？」

「言っただろう。サラ金のことは内緒にしてって……。姉は今でも、何も知らないよ。年少を出て、マトモに更正することもできずにやさぐれたと思ってるさ」

「……いいのか、それで……」

「いいも悪いもない」と村雨は、拘《こだわ》りのない口調で言い切った。

「誰のせいでもない。俺が自分で決めたことだ」

もしもその時に、自分が村雨の傍にいたら、と氷樫は胸を掻《か》き毟《むし》られるように思った。

たとえ傍にいても、まだ学生だった氷樫には、なんの力にもなれなかったかもしれない。それでも、村雨がヤクザの世界へ足を踏み入れるのを、なんとか引き止めることはできたのではないか。

その前に――。

あの花火大会の夜、自分がナイフなど持ち出してさえいなければ――。

やはり、すべてはあの夜から始まっているのだ。

取り返しのつかない後悔に項垂れてしまった氷樫の耳に、村雨の慰めるような囁きが聞こえた。

「亮彦、言っただろう？　誰のせいでもないんだよ。俺が自分で決めて歩いてきた道だ」

のろのろと顔を上げた氷樫の目の中で、村雨のあやすような薄い笑みが揺れていた。


夜、ひとり事務所に残って仕事をしていた氷樫は、ふと人の気配を感じた気がして顔を上げた。

蛍光灯の灯りに照らされた事務所内に、誰かが入ってきた様子はない。

指先で眉間を揉んで、氷樫は小さく息をついた。

それから、デスクの上に置いた卓上カレンダーへ目をやる。

十日ほど前、村雨は氷樫が地裁へ出かけている留守中に、事務所へやってきていた。

三十分だけ身体が空いたといって、いつもよりかなり早い時間に事務所を訪れた村雨は、きっかり三十分氷樫の帰りを待ち、時間切れで帰って行ったらしい。

それきり、村雨からはなんの音沙汰もなかった。

組の幹部として、分刻みのスケジュールをこなす身だ。忙しいのだろう。

そう思って気にも留めていなかったが、日が経つうちに次第に不安が込み上げてきてしまった。

何かあったのだろうか――。

七尾組関係で警察が動いたという話は聞こえてきていないが、だからといって村雨が無事だとは限らなかった。

暴力団内部の権力闘争や組同士のいざこざは、往々にして世間一般の目の届かないところでじわじわと拡大していく。そしてある日、膨らみきった風船が突如破裂するように、人々の耳目を聳動《しょうどう》させるニュースとなって駆け巡る。

村雨は、自分が組でどんな仕事をしているのか、氷樫にはいっさい語らなかった。

それはもちろん、話せないというのが一番の理由だろう。

だが、万が一にも氷樫に迷惑をかけないため、という心遣いがあってのことであるくらいは、氷樫にも分かっていた。

だから、氷樫も敢えて何も訊かずにいるのである。

聞いてしまったら、もう村雨と友達づき合いすることはできなくなってしまう。

氷樫の中に、それを恐れる気持ちがないと言ったら、やはり嘘になる。その一方で、これ以上、村雨に深入りしない方がいいのではないか、という警鐘《けいしょう》も心の片隅で鳴り続けていた。

でも実際に、こうして村雨からの連絡が途絶えると、晴れていた空が徐々に薄雲に覆われていくような漠とした不安を感じてしまう。

村雨がどこで何をしているのかを知らないばかりか、氷樫は村雨の携帯番号すら聞いていないことに気づいたのは、間抜けなことについ先ほどだった。

デスクに両肘を突き、組んだ手の上に顎を乗せ、氷樫は胸の裡のもやもやを吐き出すように深いため息をついた。

まだ十代だった頃、村雨は氷樫が唯一、心を開くことができた男だった。

『今度こそ、お前を俺のものにするために、だ』

最初にこの事務所へ来た時、村雨は宣言するようにそう氷樫に告げた。

だが、あれから何度もここへ足を運んでおきながら、村雨が氷樫に性的な接触を図ったのは、あの夜一度きりだった。

「言ってはみたけど、興味を失ったかな……」

氷樫だけをいいように翻弄し煽り立てておきながら、村雨自身は息すら乱していなかった。

「…そういうことか……」

十八年前のあの夜、氷樫と村雨の道は大きく岐《わか》れてしまった。

紆余曲折を経て再会したからといって、その隔たりを埋めることは簡単ではない。

いや、ほとんど不可能なことなのかもしれない。

何しろ、今では住んでいる世界があまりに違いすぎた。

もしかしたら、村雨の方でもそれを悟るような、何か心境の変化があったのでは、と氷樫は慮《おもんぱか》った。

あの花火大会の夜を境に、村雨は氷樫の前から姿を消さざるを得なかった。

十八年後の今また、村雨は氷樫の前から何も告げずに立ち去ってしまうのだろうか。

「それならそれで、仕方がないか……」

一抹の寂寞《せきばく》を感じつつ、半ば自身に言い聞かせるように、氷樫はぽつりと呟いた。

だが、呟きがまだ消えないうちから、本当にそれでいいのか、と自問する声が湧《わ》き上がって来る。

自分は弁護士だという現実の中に逃げ込んで、本当の自分の気持ちに蓋《ふた》をしようとしているだけなのではないのか――。

もしそうだとしても、これ以上、村雨には深入りしない方がいいと告げる理性と、そんなに簡単に割り切れるはずがないと首を振る感情が鬩《せめ》ぎ合っている。

村雨にも自分にも誠実であろうとすればするほど、身動きが取れなくなり、悩みは深まっていく。

氷樫はひとり、沁み入るようなため息をついた。

それから一時間ほどして仕事を片づけると、氷樫は戸締まりをして事務所を出た。

外へ出た途端、夜とは思えないねっとりとした暑さが纏わりつきうんざりしていた。

以前は車で通勤していたのだが、根を詰めて書類仕事をしたあとなど、元々好きではないせいか車の運転をするのが億劫に感じられてやめてしまった。

それに、都内なら自家用車がなくても、移動に不自由を感じることはあまりない。

でも、こんな熱帯夜には、車があった方が快適だったかもしれないと、さすがに思う。

思わずネクタイを緩めながら、新橋の駅へ向かって歩きだした氷樫のすぐ傍に、まるで待ち構えていたように一台のメルセデス・ベンツがスーッと走ってきて止まった。

「亮彦……」と、低い声に呼ばれた。

ドクンと心臓が鳴って慌てて振り向くと、後部座席の窓が少し開き、村雨が乗っているのが見えた。

「偶然……、なわけないか……。まさか、待ち伏せしてたのか？」

「営業妨害だから、事務所に顔を出すなと言ったのはどこの誰だ」

「よく言うよ。いくら言っても平然と出入りしてたのは、それこそどこのどいつだよ」

十日ぶりに見る村雨の横顔は、ここ数日氷樫の胸に巣くっていた重苦しさを、呆気ないほど簡単に吹き散らしてくれた。

この男が来るのを、俺はそんなに待っていたのか——。

安堵の中に入り交じるざらついた敗北感を苦々しく味わっていると、運転席から髪を短く苅《か》った背の高い若者が降りてきた。

小走りに回り込んだ若い男が後部ドアを恭《うやうや》しく開けるのを待って、村雨が悠然と降り立った。

「繁《しげる》」と、村雨が低く呼んだ。

別段、大きな声を出したわけでもないのに、腹にずしりと響くような重みを持った声だった。

「はいっ」

繁と呼ばれた若者は、両手の指先まで真っ直ぐに伸ばし直立不動で返事をしている。

村雨は内ポケットから出した財布から、三万円取りだした。

「今日はもういい。これで遊んでこい」

「ありがとうございます！」

差し出された札を、繁は両手で押し頂くように受け取っている。

「ただし、間違っても素人さんに迷惑をかけるような遊び方をするんじゃないぞ。分かってるな」

「はい！　気をつけます」

「よし、行け」

「失礼します！」

繁は村雨に向かって深々と頭を下げると、氷樫にまで最敬礼をして立ち去っていった。

その後ろ姿を惘然と見送っていた氷樫の耳に、いつの間にか馴染んだ村雨の艶《つや》めいた声が響いた。

「久しぶりだな」

先ほどとは打って変わった、肩の力が抜けたような和らいだ口調だった。

繁に対していた時とは、声からして違う。

さっきのあれが、村雨の本来の姿なのか。それとも、目の前にいる今の村雨が本当なのか。

なんとなく胸の奥がしんと鎮まるような気持ちになって、氷樫は村雨を見つめた。

「この間、俺がいない時に来たそうだな」

「ああ。急に身体が空いたら、どうしても亮彦の顔が見たくなってな」

村雨は助手席のドアを開けた。

「乗れよ」

「どこへ行くんだ」

「そうだな。とにかく乗れよ。話はそれからだ」

仕事帰りのサラリーマンが行き交う路上で、見るからにスジ者然とした村雨と立ち話をしているのも気が引けて、氷樫は仕方なくベンツの助手席に収まった。

少し前まで繁が座っていた運転席に、今度は村雨が乗り込む。

「七尾組の幹部ともなると、さすがにいい車に乗ってるんだな」

シートベルトを締めながら、村雨は薄く笑っただけで何も答えなかった。

走り出してすぐ、村雨は首都高へ車を入れた。

「どこへ行くつもりだ」

滑らかに車を走らせながら、村雨はちょっと考えるように言った。

「世田谷《せたがや》。落ち着いて飲める部屋があるらしい」

「…部屋……？」

店ではなくて部屋……？　聞き咎めた氷樫が顔を向けると、村雨がほくそ笑むように笑っている。

「まさか……。俺の部屋へ行くつもりか？」

「事務所に出入りされるより、いいんじゃないか？」

「この間は、俺の留守中にちゃっかり入り込んでおいてよく言うよ。それより、俺が世田谷に住んでるって、どうして知ってるんだ。根本さんに訊いたのか？」

言ってから、根本がそんな個人情報を迂闊《うかつ》に喋るはずがないとすぐに思い直した。

「亮彦、少し俺を甘く見てないか？」

「どういう意味だ」

「だから……」

言いかけて、村雨はためらうように口を噤んだ。

「…だから、なんなんだよ」

苛立ち気味に促すと、村雨は小さくため息をついた。

「地裁の廊下で、本当に偶然出逢ったと思ってるのか？」

「えっ……。だって、田辺さんの裁判を傍聴に来て、俺に気づいたんじゃなかったのか？」

ステアリングを操りながら懐へ手を入れると、村雨は煙草の箱を取りだした。

器用に一本振り出しくわえ、シガーライターで火をつける。車内に紫煙の匂いが立ちこめ、氷樫は露骨に嫌な顔をした。

「おい！」

「一々、そうとんがるなよ……」

胸の奥深くまで紫煙を吸い込んでから、仕方なさそうにまだ長い吸いさしを揉み消す。

「田辺の弁護士の名前が、氷樫亮彦だと知った時は驚いた。氷樫なんて、珍しい苗字だ。同姓同名ということはまずないと思った。だから、すぐに調べさせた」

「それじゃ……」

唖然として、氷樫は真っ直ぐ前を見つめる村雨を見た。

「やっぱりそうだと分かった時は、嬉しかったぜ。でも、亮彦の前に顔を出すのは判決の日まで待とうと決めて、傍聴に行くのも控えていたんだ」

「参ったな……」

何一つ気づいていなかった氷樫は、自分の迂闊さに額に手を当てむっつりと黙り込んだ。

調べさせたと言ったが、さっきの繋のようなチンピラに勤まる仕事とは思えない。

だとすると、七尾組の息のかかった興信所でも使ったのだろうか――。

スーッと車内の温度が下がった気がして、氷樫は平然と運転している村雨の横顔を盗み見た。

『……少し俺を甘く見てないか……？』

つい先ほどの村雨の言葉が、背中に氷の欠片《かけら》を当てられたような凄味となって蘇ってくる。

「でも、どうして、判決まで俺の前に顔を出すのは控えようと思ったんだ」

「判決のあと、地裁の廊下で顔を合わせただけで、組と亮彦の関係を勘ぐるバカもいるくらいだ。裁判中から俺が亮彦の周りをうろついていたら、田辺の裁判に影響がでないとも限らない。そんなことになったら、亮彦に迷惑をかけることになるし、田辺も気の毒だからな」

「それくらいの常識は、弁《わきま》えてるってことか」

皮肉交じりに言ってやると、村雨は微かに肩を竦めた。

「組に入って、一番先に叩き込まれるのは我慢だからな。我慢することには馴れてるんだ。十八年前に、もう二度と会えないと一度は諦めたんだ。半年やそこら待つくらい、どうってことないさ」

淡々としているのに、内に秘めた熱を感じさせるような真摯な声音で言われると、不覚にも頬が熱くなる気がした。

「亮彦、拗ねるなよ。ちょっと話があるんだ」

「拗ねるって、俺は別に……」

抗議しようとして、なぜか力が抜けてしまい、氷樫はシートに身を預けた。

「でも、このところ買い物してないし、俺の部屋に来たって、たいした物は出せないぞ」

「酒はあるんだろう？　まさか、コーラなんて言わないよな」

氷樫は思わず吹き出した。

「コーラか、懐かしいな……。そう言えば、もうずいぶん飲んでないよ」

「久しぶりに飲みたいなら、買ってやるぞ」

小さな子供の機嫌を取るような口調に、「いらないよ」と即座に言い返してから、「それとも、コークハイでも飲むつもりか？」と切り返してみる。

「コークハイか。ガキの頃、仲間とよく飲んだ。あれは、飲み過ぎると悪酔いするんだ」

「別にコークハイじゃなくても、なんだって飲み過ぎれば悪酔いするに決まってるだろ」

「確かに……」と村雨は苦笑している。

「それにしても、亮彦が酒を飲むようになるとはな……」

感慨深げな呟きに、氷樫は苦笑してしまった。

「当たり前だろ。俺だって、いつまでも未成年の高校生じゃないんだ」

言った途端、胸の奥がツキンと痛んでいた。

ほろ苦い思いを噛み殺すように唇を引き結んだ氷樫を乗せて、車は夜の首都高を走り抜けていった。


世田谷の閑静な住宅街に建つ1LDKのマンションが、氷樫の住まいだったが、驚いたことに村雨は本当に氷樫がどこに住んでいるか完璧に把握していた。

道案内をする必要など何もなく、まるで自分自身の自宅へ戻るかのように、村雨は氷樫の住むマンションのエントランスに車を乗りつけた。

「調べさせたと言ったが、まさか忍び込んではいないだろうな」

車を駐車場へ入れ、オートロックを解除しながら呆れ口調で詰ってやると、村雨は「さあね……」と思わせぶりに惚《とぼ》けている。

「まったく、油断も隙もないんだな」

エレベーターホールへ歩きながら、氷樫はぼやいた。

三階の東側の角部屋が、氷樫の住む部屋だった。

「どうぞ、入って……」

玄関ドアを開け無意識に口にした途端、突如蘇った既視感に氷樫は思わず目を瞬かせた。振り向いたら、高校生の村雨が立っているのではないか――。

ふとそんな思いに駆られて背後を見ると、村雨は遠慮する気配もなく「じゃまするぞ」と言うなり氷樫の脇を擦り抜け我が物顔で上がり込んでいった。

やれやれと苦笑して、氷樫もネクタイを緩めながら靴を脱いだ。

「まさか、ほんとに忍び込んでたとか言わないだろうな……」

ブツブツ言いながらドアが開け放されたままになっているリビングへ行くと、入り口近くで村雨が感慨深げに立っていた。

「なるほど、亮彦の部屋だな……」

「えっ？」

「昔と変わらないって言ってるんだよ。あの頃より、ずいぶん広くなってるけどな」

「…ああ……」と、氷樫は恥じらったように笑った。

リビングは十畳あまりの広さで、フローリングに毛足の長いラグを敷き、カウチソファとガラステーブルが置いてある。

だが、壁はテレビが置かれた一角を除き、すべて大型の書棚で埋め尽くされていた。書棚には法律関係の専門書の他に、氷樫が学生の頃から買い集めた書籍がぎっしりと詰め込まれている。

リビングと言うより、書斎と表現した方がしっくりくる雰囲気だった。

「どうせ、誰も来ないから……」

脱いだ上着を、氷樫は無造作にカウチソファに放り出しながら言った。

座面幅がゆったり広く、背もたれがふっくらと分厚いカウチソファは、この部屋へ引っ越して来た時に唯一贅沢《ぜいたく》をして買った物である。

このソファに寝転んで、好きなだけ本を読むのが、今も氷樫の一番のストレス解消法だった。

「さて……。なんか、食べる物、あったかな……」

リビングと続いたオープンキッチンへ行くと、氷樫はまず冷蔵庫を開けてみた。

残念ながら、すぐに食べられる物は何もなく、野菜室など空気を冷やしている状態である。

「酒はあるけど、つまみは何もないな。ピザでも取ろうか？」

「何があるんだ」

「卵とベーコン、それから……。ああ、チーズが少しあった。あと、バゲットの残りと……」

「ちょっとどいてみろ」

背後から聞こえた声に氷樫が振り向くと、いつの間にか上着を脱いだ村雨が立っていた。

氷樫が場所を譲ると、村雨は冷蔵庫と冷凍室、野菜室を順番に開けて中を覗いている。

それから、何があるのか確かめるようにキッチンを見回した。

「調理器具や食器は、一通り揃ってるじゃないか」

「ここへ引っ越した時に、様子を見に来た母がキッチンが空っぽだとか言って、勝手に買い置いていったんだよ。ほとんど使ってないけど……」

「レトルトや、缶詰の買い置きはないのか？」

「缶詰ならある。そこの棚に入ってる」

氷樫が吊り戸棚を開けると、貰い物のコンビーフやソーセージなどの食材缶詰から、コンビニで買った焼き鳥やオイルサーディンなど開ければすぐに食べられる缶詰が積み重ねてあった。

「そうか、缶詰か。忘れてたよ。これ開けて食べればいいな」

早速手を伸ばして缶詰を取ろうとした氷樫を、村雨が止めた。

「…ちょっと待て」

「えっ？」

振り向くと、村雨はカフリンクスを外し、シャツの袖をまくり始めている。

「えっ、もしかして、村雨が何か作ってくれるのか？」

「作ると言うほど、材料がないけどな……」

吊り戸棚から缶詰をいくつか選び取り出すと、村雨はさっさと手を洗い料理を始めた。

その手際があまりにいいので、氷樫は心底驚いてしまった。

「すごいな。どこで、そんなの覚えたんだ」

「バーで働いてたって言っただろう。それに、枝の頃は兄貴の食事の世話も俺の仕事だったからな。酒って言われて、すぐにつまみまで用意して出さないと、兄貴の機嫌が悪くなって殴られたもんだ」

「…枝……？」

「枝が育って、幹になるんだよ」

「あー、幹部に対しての枝か……」

村雨はまずコンビーフの缶を開けると、冷蔵庫にあった卵を割りほぐしている。

「ブランデーはないのか？」

「確かあったと思う。えーと……。あ、あった」

箱に入ったまま開けてもいないブランデーを氷樫が戸棚から取り出すと、村雨は苦笑している。

「飲んでないのか？」

「貰い物なんだ。俺は、あんまり強い酒は飲まないから」

耐熱皿を出せだの、醤油《しょうゆ》を取れだの、いつのまにか氷樫は村雨のアシスタント状態になっていた。

この部屋へ引っ越して来てから、こんなに長い時間をキッチンで過ごしたことはなかったかもしれないと思ってしまう。

子供の手伝いのように、村雨にいいように使われて、でも実はそれがすごく楽しいとは、口が裂けても言えないが——。

村雨はあり合わせの乏しい材料を使って、氷樫が思いもつかない料理を素早く作り上げていた。

割り解した卵に醤油とブランデーを垂らし、コンビーフと一緒に耐熱皿へ入れオーブンへ放り込む。

「冷蔵庫にミニトマトがあっただろ。洗っておけ。それから、ベーコンとバルサミコ酢も出しておけ」

「バ、バルサミコ酢……？　そんな洒落《しゃれ》たもんないぞ」

「あるよ。お前、酢まで冷蔵庫に入れてるのかと思ったが、分かって入れてたんじゃないのか？」

氷樫が慌てて冷蔵庫を開けると、背後から「左側の黒いボトルだよ」と声がかかる。

「これか——……。母が置いてったんだけど、なんだかよく分からないから、取り敢えず冷蔵庫に入れといたんだ。でもこれ、かなり前のだけど大丈夫かな……」

「大丈夫だから、開けてみろ」

フライパンを振りながら、村雨が指示を出す。

「分かった……」

ボトルを開け、恐る恐る鼻を近づけると、ツンとする匂いではなく香ばしく芳醇な香りが漂った。

「いい香りがしてる」

「だろ。貸してみろ」

村雨はフライパンで炒めた缶詰のマッシュルームとベーコンに、黒胡椒《くろこしょう》とバルサミコ酢を振りかけ味を調えた。それを小さく切って、カリッと焼いたバゲットと混ぜ合わせると完成らしい。

部屋中に漂う香ばしい匂いが、空腹を刺激する。

背後では、オーブンのタイマーが電子音を響かせていた。

「そろそろできるから、酒の支度をしとけ」

「車はどうするんだ。まさか、飲酒運転して帰るつもりじゃないだろうな」

「ここへ置いていく」

咎めるような問いに、村雨はあっさり答えた。

「明日の朝、繁に取りに来させる。なんなら、その時、事務所まで送るように言っておこうか？」

「遠慮しておく」

渋面を振った氷樫をちらりと見て、村雨は薄く笑った。

「後顧の憂いがなくなったところで、酒の支度だ」

仕切り直すように、村雨が言う。

「…はいはい……。酒はウイスキーでいいのか？」

「飲めれば、なんでもいいいさ」

「村雨はロック？　それとも水割り？」

「ロックでいい」

「分かった」

ちょっと考えてから、氷樫は戸棚からとっておきの山崎《やまざき》シェリーカスクのボトルを取り出した。

氷樫が笹川弁護士の事務所から独立して、今の事務所を構えることになった時、父親がお祝いにと秘蔵コレクションの中から選んで譲ってくれた物である。

ひとりで開けるのはさすがにもったいなくて、貰ったまましまい込んでいた。

村雨と飲むのもどうかと思わないでもないが、開けるなら今夜しかない気もする。

ボトルと氷、グラスをリビングのテーブルへ運び、氷樫は内心いそいそとキッチンへ引き返した。

キッチンのカウンターには、村雨が作ってくれた料理の皿が湯気を上げて並べられていた。

「すごい、いつの間にこんなに作ったんだ」

「いつの間にって、見てたじゃないか。熱いから、気をつけろよ」

ヤクザなんか辞めて、居酒屋のオヤジにでもなった方がいいんじゃないか——。

つい口からこぼれそうになった軽口を、氷樫は慌てて飲み込んだ。

資金を貯めて、将来は自分の店を持ちたいと願っていた夢を諦めて、村雨がヤクザの道に入ったのを思い出していた。

「山崎シェリーカスクか。いい酒を置いてるじゃないか」

ボトルを開けながら、村雨が機嫌のいい声で言った。

グラスに氷を放り込み、琥珀色の酒を注ぐと、香り高いシェリーの匂いを忍ばせた、バランスのよい優しく甘い香りが漂う。

「乾杯」

「…乾杯……」

村雨が掲げたロックグラスに水割りのタンブラーをコツンと当てて、氷樫もウイスキーを飲んだ。

ほろ苦く重厚だが、雑味のないすっきりとした味わいの酒だった。

「思ったより、飲みやすいんだな。もっとクセのある酒かと思ってた」

村雨は微かに苦笑した。

「猫に小判だな」

「なんだよ、それ……」

ムッとしてちらりと睨んでから、氷樫は村雨の手料理を小皿に取り分けた。

元々、酒にあまり強くないせいもあって、食べないと飲めない質《たち》なのである。

「これはなんだ？」

「コンビーフのピカタ」

「こっちは？」

「アスパラのマヨネーズ焼き」

「ふうん……。そっちの、マッシュルームが入ってるのは？」

「うるさいな。食べれば分かる」

首を竦め、氷樫はまず、コンビーフのピカタというのを食べてみた。

ブランデーの香りが食欲をそそり、文句なしに美味《おい》しかった。アスパラのマヨネーズ焼きは、黒胡椒がピリッと効いていて、あまり飲めない氷樫でも酒が進みそうだった。

「美味しい……」

「当たり前だ。誰が作ったと思ってるんだ」

思わず素直に感想を述べると、村雨はゆったりと紫煙を燻《くゆ》らせながら得意げに言った。

「亮彦は、普段、食事はどうしてるんだ。自炊はしないのか」

「自分で作るのは、朝食くらいかな。作るって言っても、せいぜいベーコンと卵を焼いて、コーヒー淹れるくらいだけど。地裁の食堂は朝八時からやってて、値段も安くてそこそこ美味しいから、裁判がある時は朝から行くこともあるけど……。夜は外食か手っ取り早くコンビニ弁当だな」

「身体に悪いぞ」

「村雨に言われたくないね」

ちらりと煙草を睨みながら言ってやる。

嫌そうな顔をして、村雨は灰皿代わりの空き缶に吸いさしを落とした。

それでも、氷樫に気を遣ってくれているらしい。

腕まくりをしたままの村雨を、氷樫はそっと見た。

「なんか、高校時代を思い出すな」

「えっ……？」

「袖だよ。高校の頃、夏服になって、みんな半袖シャツを着てたのに、村雨はいつもそんな風に長袖をまくり上げてただろ」

「ああ……」と村雨は、伏し目がちに低く笑った。

「あの頃は、無駄にいきがってたからな。姉に半袖のシャツなんかガキっぽくて着られるか、なんて文句垂れて。せっかく買ってきてやったのに、なんていう言い草だって、さんざん叱られたな」

姉との思い出話をする時の村雨は、切なげな遠い目をしていた。

たったひとりの身内である姉に、本当は会いたいのだろうと氷樫は思った。

「今になってみれば、どっちでもたいして変わらないのに、あの頃は、長袖の方が大人になった気がしたんだから仕方がない」

「確かに、村雨は大人っぽかったよ。初めて会った時も、バッジの色が一緒だから、同じ一年だって分かったけど。一瞬、上級生かと思ったし」

「……早く、大人になりたかったんだよ」

手の中のロックグラスに視線を落とし、村雨はぽつりと呟くように言った。

「ところで、何か話があるんじゃなかったのか？」

「ああ。明日、代々木《よよぎ》署へ接見に行ってくれないか」

「代々木署へ……？」

「坂本武司《さかもとたけし》という男が、シャブの密売と傷害の容疑でパクられてる。会って話を聞いてやってくれ。ただし、俺の名前は絶対に出すな」

「どういうことだ」

「俺が表に出ることはできない」

「どうしてだよ。坂本って男とはどういう関係なんだ」

「七尾ではシャブは御法度だ。もし、坂本が本当にシャブの密売に手を染めていたなら、破門は免れないだろう。俺でも庇いきれない。それなのに、俺が坂本のために動いたことが表沙汰になれば、迷惑がかかる人がいる」

「要するに、村雨が組の法度を破った坂本のために動いたとなれば、普段から村雨に目をかけている人の立場までまずくなるということか？」

「隙を見せれば足もとを掬われるのは、どこの世界も同じだ」

「それでも、坂本という男のために動いてやりたいわけだ」

村雨がリスクを冒しても坂本を助けてやりたいと思う、理由はなんなのか――。

考えただけで、胸の裡をザラザラしたもので逆撫でされるような不快感が湧き上がってくる。

口を噤んだ氷樫の方をちらりと見やり、村雨は苛立ちを抑えるようにグッとグラスを干している。

その表情に、村雨の坂本を案じる気持ちが滲んでいる気がした。

胸の奥を針の先でつつかれるような焦燥感に、氷樫は微かな腹立たしさを感じ水割りをあおった。

「ガキの頃から、俺が面倒見てやったヤツなんでな」

煙草に火をつけると、村雨は紫煙と一緒にため息を吐き出すようにして言った。

本当に、それだけが理由だろうか。坂本は、村雨にとってどんな存在なのだろう。

訊きたくて堪らないのに、どうしても口にすることができない。

ギシギシと軋む気持ちを抑えつけ、氷樫は込み上げた苦いものを飲み下すようにグラスをあおった。

「誤解のないように言っておく」

硬い声に、村雨が顔を向けた。

「なんだ」

「弁護士として、俺にできるのは、警察が握っている証拠に基づいて公正な裁きを求めることだ。それ以上でもそれ以下でもない」

「そんなことは分かってる」

むっつりと村雨が答えた。

「だが、堅気の世界に居場所を見つけられなくてヤクザになったのに、そこからも破門されて叩き出されたら、もうどこにも行くところがなくなっちまう。あとは墜ちるところまで墜ちて、奈落の底を這いずり回っていくしかなくなる」

「それはそれで、身から出た錆《さび》ってもんじゃないのか」

ピシャリと戸を立てるように言い放った氷樫を、村雨は無言のまま見つめた。

鋭く研がれたナイフのような視線が突き刺さる。

氷樫が怖《お》めず臆せず見つめ返すと、村雨は視線の硬さを幾分和らげ、小さく息をついた。

「亮彦の言う通りだ。だが、見放してしまうのも忍びない。半人前だが見所はあるから、できればなんとかしてやりたい。正直、坂本が組の掟《おきて》を破ってまで、シャブの密売に手を出すとは思えない」

伏し目がちに、氷樫は小さくうなずいた。

村雨がそこまで言うからには、何かしら確信があってのことなのだろう。それなら、村雨を信じて自分も動いてみようと思い直していた。

十八年前、村雨を助けることができなかった代わりに、坂本にかけられた容疑を晴らせるか力を尽くしてみよう。十八年前は無力な少年でしかなかったけれど、今の自分は弁護士なのだ。

「分かった」と氷樫は、できるだけ冷静に言った。

「とにかく、明日、接見に行ってみる」

「引き受けてくれるのか」

「弁護が俺の仕事だからな」

「ありがとう」

緩く首を振ってから、氷樫は思い出したように村雨の方を見た。

「そうだ。村雨の携帯番号を教えてくれないか。仕事を引き受けるとなれば、いつでも連絡が取れるようにしておかないと困ることもあるだろう」

「分かった」と言って、村雨は懐から携帯電話を取りだした。

お互いの番号を交換すると、また一歩、自ら村雨に近づいてしまったことに気持ちが重くなる。

村雨と一緒に居るのが嫌なのではない。でも、やはり村雨のバックグラウンドは受け入れがたい。

相反する思いが、氷樫を思考の迷路へと追い込んでいく。

そして、迷路の中を踏み迷っていると、必ず村雨に対するやりきれない負い目が頭を擡《もた》げてくる。

携帯電話をテーブルに放り出し、氷樫は村雨のグラスに無言で氷を入れウイスキーを注いだ。

グラスと氷がぶつかる澄んだ音に、村雨のらしくもない太い嘆息が被さった。

「ヤクザなんてのは、いつどこでどうなるか分からない商売だからな。俺だって、明日ハジかれて終《しま》いになるかもしれないいんだ。まして、坂本みたいな枝は消耗品だ。やってもいない罪をサツに背負わされたって、誰も本気で助けちゃくれない。ゴミみてえに、切り捨てられて終わりだ」

ふと、村雨が底知れぬ深淵《しんえん》の縁に立ち、奈落の底を見下ろしているような錯覚に囚《とら》われ、氷樫は村雨の方を向き直った。

穏やかさを取り戻した村雨の目の底には、濃い諦念《ていねん》が潜んでいるように見えた。

義理としがらみに絡め取られ、村雨は何を諦め、何を求めて生きてきたのか——。

途端、スーッと足もとから冷たい風が吹き上げてきた気がして、氷樫は動揺を抑えるように水割りを喉の奥へ流し込んだ。


「氷がないな。取ってこよう」

少しばかりぎこちなくなってしまった空気を変える切っ掛けが欲しくて、氷樫はアイスペールを持って立とうとした。

すると、その手首を、村雨が素早く摑み止めた。

「なんだよ」

ぶっきらぼうに振り向くと、村雨は微かに目を眇め、ソファに座ったまま氷樫を見上げていた。

その昏《くら》い熱を秘めているような目にドキリとして、急いで視線を逸らそうとした瞬間、氷樫はカウチソファへ引き倒されていた。

「…おいっ……」

「亮彦、俺のものになれ」

「…なに…を……言って……」

氷樫に最後まで言わせず、村雨が口づけてきた。

遠い記憶を呼び覚ます、煙草の苦味を伴う口づけ——。

今日はそれに、山崎シェリーカスクの香り高く甘酸っぱいシェリーの風味が添えられている。

年齢を経るに従って、さすがの氷樫も十代の頃ほど頑なではなくなったから、恋愛経験がまるでないわけではなかった。

たいていは、氷樫の容姿や教養に惹《ひ》かれた相手の積極さに押される形で交際が始まり、あまりのつまらなさに驚き呆れた相手が早々に立ち去っていくというパターンではあったが——。

だから、乏しいながらキスの経験くらいはある。

でも、今まで経験したどのキスとも、村雨のキスは違った。

躍り込んできた熱い舌の動きは獰猛なのに、それでいて驚くほど細やかで繊細だった。

舌先で氷樫の歯列をなぞり、ねっとりと口蓋《こうがい》を舐める。

角度を変え、浅く深く貪りながら、呼吸を求めた氷樫が喉元を反らすと、今度は啄むように甘い吐息を絡ませてきた。

いつの間にか、村雨の唇が離れそうになると、氷樫の方から無意識に追いかけるようになっていた。

頭の芯がボーッと痺れたようになって、もう何も考えられない。

「っ……んっ、……ふっ……」

陶然《とうぜん》と口づけに酔っていた氷樫は、解かれたネクタイが引き抜かれる感触で我に返った。

村雨の長く形のよい指が、器用にシャツのボタンを外そうとしている。

露わになった胸元に指を這わされた瞬間、ビクリとふるえ、氷樫は村雨の手を振り払っていた。

「やめろ……。やめてくれ！」

身を固くして必死に起き上がろうともがく氷樫を、村雨が体重をかけて抑え込もうとする。

「……嫌…だ……っ、……やめろって……」

腕力では敵《かな》わないと分かっていたが、なんとか逃れようと氷樫は懸命に村雨を押し退けようとした。

「触るな……。やめろと言ってるだろう！」

まるで大人が子供を相手にするように、村雨は氷樫の両手首をまとめて掴むと、バンザイさせるように頭の上で抑えつけてしまった。

「…村雨……」

顔を強張らせた氷樫の髪を撫で、村雨はあやすように微笑んだ。

「怖がらなくていい。……俺のものになれ。ちゃんとよくしてやるから」

囁きながら、村雨がキスをしようと唇を寄せて来たが、氷樫は顔を背け応えなかった。

「……バカなことを言うな……」

女扱いされた屈辱感に頬を痙攣《けいれん》させ、吐き捨てるように言って唇を噛み締める。

「亮彦が欲しいんだ……」

頑なに顔を背ける氷樫の耳朶《じだ》に口づけるように囁きながら、村雨は剝き出しにされた胸へ円を描くように掌を滑らせた。

そのまま指先で乳首を押し潰すように転がされると、氷樫は身を固くし微かに息を詰めた。

思わず、肩を揺らすように身じろぐと、今度は唇で愛撫された。氷樫の意思を裏切って、ツンと立ち上がった乳首を、村雨の唇が食《は》んでいる。

舌先で転がされ歯を立てられると、むず痒いような快感が全身に広がった。

「亮彦……」と、焦がれるような甘い声で呼ばれた。

氷樫が閉じていた目を開けると、情欲に底光りしているような村雨の双眸と目が合ってしまった。

乱れた前髪を優しくかき上げ、村雨は氷樫の額に唇を押しつけた。

「このまま、ここでやるか？　それとも、ベッドへ行くか？」

囁くように訊かれた瞬間、背筋を寒気に似た悪寒が走り抜けていった。

男同士が、どうやって身体を繋ぐのか、知識としては知っていた。

でも、そんなことが、実際にできるとはとても思えない。

冷水を浴びたように竦み上がり、氷樫は怯えた子供のように村雨を見た。

「……無理だ……。絶対に無理だ……」

「大丈夫だ。俺に任せろ」

有無を言わせぬ響きを持った声に、村雨は本気だと、今さらのように思い知らされる。

怖い……、と氷樫は本能的に思った。怖れと緊張で、身体中の筋肉が硬直していく。

「…村雨、俺は……」

氷樫の言葉を遮り、村雨は「十八年だ」と低く言った。

「えっ……」

「俺は十八年待った。もう待てない」

想いを告げる村雨の言葉が、氷樫の心に波紋を広げていく。

胸の奥がジンと疼き、切なさが込み上げてくる。

怖れと胸を締めつける思いとが拮抗《きっこう》し、氷樫の混乱に拍車をかけていた。

声もなく目を見開き、氷樫は青ざめた顔で強く首を振った。

「い、嫌だ……。やめてくれ……、頼む…から……」

不覚にも声が喉に詰まり、氷樫はふるえる唇を切れそうなほど強く嚙んだ。

頭の上で抑えつけられたままの手を、掌に爪が食い込むほどぎゅっと握り締める。

「……どうしても嫌か……」

哀しげに眉を顰め、村雨が訊いた。

返事をしようにも舌が強張ってしまって、言葉が出て来ない。

氷樫は無言のままうなずいた。情けなくも、全身に鳥肌が立ち小刻みにふるえている。

「そうか……」

嘆くように、深いため息交じりに村雨が呟いた。

呟きと同時に、のしかかられていた身体の重みが消えた。

氷樫が恐る恐る顔を向けると、村雨はひどく憔悴した顔をしていた。

「俺は、どうしても亮彦が欲しい。でも、亮彦をレイプしたいわけじゃない……」

氷樫から離れ座り直すと、村雨は煙草に火をつけた。

波立っている気持ちを鎮めるように、胸の奥まで吸い込んだ紫煙を一気に吐き出す。

何度かそれを繰り返し、まだ長い吸いさしを揉み消すと、またすぐに新しい煙草に火をつけている。

その、濃い諦念が滲んでいるような横顔を、傍らで氷樫は黙って見つめているしかなかった。

「仕方がない……。亮彦の気持ちが固まるまで、待つことにしよう」

「えっ……」

村雨はそっと手を伸ばすと、指先でさも愛《いと》しげに氷樫の頰に触れた。

反射的にビクッと氷樫がふるえたのを見て、村雨の口許に寂しげな薄い笑みが浮かんだ。

「ちょっと急ぎ過ぎたな。悪かった。勘弁しろ」

言うなり、村雨は少々手荒く煙草を揉み消した。それから、脱ぎ捨ててあった上着を掴んで立ち上がると、止める間もなく部屋を出て行ってしまった。

惘然とその背中を見送った氷樫の耳に、玄関ドアが閉まる音が聞こえた。

それきり静まり返った部屋の中で、氷樫は立ち上がる気力もなくソファに座り込んでいた。


翌日、氷樫は猛暑の中を、坂本武司の接見に代々木警察署まで出向いた。

代々木署捜査課の刑事は、氷樫の顔を見た途端、露骨に嫌な顔をした。面倒な男がしゃしゃり出てきたと言わんばかりの渋面を見て、氷樫はこっそりと苦笑した。

署内の面会室に連れて来られた坂本は、氷樫が想像していた青年とはかなり印象が違った。もっとチンピラ然とした男だと勝手に思い込んでいたが、目の前に現れたのは、確かに少々柄は悪いがどこにでもいそうな今どきの若者に見えた。

見るからに利かん気が強そうな、目尻がきゅっと上がったアーモンドアイ。通った鼻筋に、ふっくらと形の良い唇。短く苅った髪は染めていなかった。

喧嘩騒ぎの時にできたのか、削げた頰にまだ新しい傷があったがたいした傷ではない。

「坂本武司君だね」

簡素なパイプ椅子にドサリと腰を下ろすと、坂本はふんぞり返るように足を組んでいる。

「あんた、誰？」

不信感丸出しの横柄な口調に、氷樫は内心で苦笑した。

「弁護士の氷樫だ」

胡散《うさん》臭そうに目を眇め、坂本は氷樫を睨めつけた。

「弁護士なんか、頼んだ覚えないけど？」

斜に構えたハスキーボイスに、氷樫は落ち着き払って答えた。

「ある人に頼まれてきた」

「…ある人……？」

「そう。君のことをとても心配していた。ガキの頃から面倒見てやったヤツだからと……」

「ガキの頃からって……」

口の中で呟くように繰り返してから、坂本はハッとしたように氷樫を見つめ返してきた。

「もしかして、む……、兄貴が頼んでくれたんですか？」

いきなり、言葉遣いまで変わってしまった。否定も肯定もせず、氷樫は薄く微笑んだ。

「君を、なんとか助けてやって欲しいと頼まれた」

居住まいを正すように組んでいた足を下ろし、坂本は首を折り深く俯いた。揃えた膝の上で、握り締めた両手の拳が微かにふるえている。

「…せっかくだけど、俺のことはもういいから。俺がそう言って断ったたって、言ってください」

先ほどとは打って変わった神妙な声で、坂本は自分の足もとを見つめたまま絞りだすように言った。

「どうして？」

「俺みたいな枝が、迷惑かけちゃいけない人なんだよ。俺なんかに関わったら、兄貴の名前に傷がつくいちまう」

そう言って深く息を吸うと、坂本は勢いをつけるようにパッと顔を上げた。

「俺なら大丈夫。ひとりだって頑張れっから！」

思いがけず人懐っこそうな笑みを浮かべ、坂本は偉そうに胸を張った。

「ガキの頃から何度もパクられてっから、警察官《サツカン》の手口はよく知ってるからさ。それに俺、警察根性なら、誰にも負けない自信あるし！」

「警察根性……？」

「パクられても、よけいなこと、べらべら喋ったりしないってことだよ」

坂本の逮捕容疑は、覚せい剤の密売と傷害である。

幡ヶ谷《はたがや》で、坂本は人と会う約束をしていたらしい。約束の時間に遅れそうになり走っていたら、すれ違いざまに歩きスマホをしていた被害者と肩がぶつかり口論となった。

被害者は五人連れで、先を歩いていて口論に気づいて戻って来た被害者の友人四人と乱闘騒ぎになり、坂本は持っていたサバイバルナイフで被害者の脇腹を刺して逃走した。

だが、現場にICカードを落としていて、それに遺《のこ》されていた指紋から足がついた。翌日、住まいにしていたワンルームマンションに踏み込まれ、あえなく逮捕されたというわけである。

しかも、家宅捜索の結果、室内から覚せい剤0・5グラム入りの小袋が三つと、顧客リストと思《おぼ》しき携帯番号が入ったSIMカードが発見された。

「アヤつけてきたのは、向こうなんだぜ」

子供のように口を尖らせて、坂本は言い募った。

「先にヤッパ出してきたのだって、ヤツの方だったんだ。だから、俺も……。それなのに、いつのまにか、あいつらは丸腰だったことになっててさ。おかしーじゃねえかって言ったって、誰も本気にしてくれねえんだもん」

「相手が先に刃物をちらつかせたというのは、確かなのか」

「喧嘩になったからって、すぐにヤッパなんか出すかよ。あんなヤツら、素手で充分だし！」

頰も鼻も膨らませて憤然と主張してから、坂本は盛大にため息をついた。

「けど、しょうがねぇよな。刺しちまったのは俺なんだし。ったく、まずったよなぁ」

天井を向いて、「あーあ……」と大げさに嘆いてから、わざとらしく両手を広げて肩を竦める。

「まっ、俺も男だ。ちっとクサイ飯食って、ハクつけてくることにする。坂本がそう言って張り切ってたって、兄貴に言っといてくれよ」

「覚せい剤についてはどうなんだ。売人をやってたのか？」

途端に目を見開き、坂本は身を乗り出してきた。

「知らねーよ！　ヤサに踏み込まれてガサ入れされたら、シャブが出てきたとか言われてさ。そんなもん、あるわけねえんだ。七尾じゃ、シャブは御法度なんだからよ！」

鼻息も荒く一息に言ってから、坂本は拳で机を叩き、クソっと悪態をついた。

「表向き覚せい剤は扱わないことになっていても、裏でこっそり取り引きしてる組だってあるだろう」

「ヨソの組のことは知らねえよ。七尾じゃ、シャブは御法度。俺が知ってるのは、それだけだ」

「だったら、どうして家宅捜索で覚せい剤が出てきたんだ。しかも、一緒にあったＳＩＭカードには、顧客リストらしき番号が記録されていたそうじゃないか」

「だーかーらーっ！　知らねえって言っててんじゃんかよっ！」

吼《ほ》えるような怒声が、面会室に響き渡り、ついでに耳の奥で乱反響する。

ため息を押し殺し、氷樫はわずかに顔をしかめた。

「怒鳴るな。大声を出せば、主張が通るというわけじゃない。それくらい、分かってるだろう」

ことさら冷たい声で突き放すように言うと、坂本はぷいっとそっぽを向いてしまった。

なんなんだ、こいつは――。

拗ねて喚き散らすガキを相手にするのは、真っ平ゴメンだった。村雨の頼みでなければ、さっさと席を立って帰っているところだ。

それにしてもこんな子供じみた男のどこに見所があると、村雨は言うのだろう――。

「俺の依頼人は、君が覚せい剤の密売に手を染めていたとは思えないと言っていた。君は依頼人の信頼を裏切ってはいないと誓えるんだな」

ひくり、と坂本の肩が揺れた。

「あたりまえだろ。そんな、兄貴の顔に泥塗るようなこと、俺がするわけないじゃんかよ」

たった今までいきり立っていたのが嘘のように、坂本は悄《しょ》げ返っていた。

コロコロと変わる態度があまりに分かりやすく、氷樫はつい苦笑してしまった。

「何がおかしいんだよ！」

「別に……。君はそんなに俺の依頼人が大事なのか」

「ったりめーだろっ！」

「だったら、もう少し頭を冷やすんだな。そうやって喚き散らしても、状況は何も変わらない。それどころか、悪くなる可能性もある」

「なあ、まさかと思うけど、兄貴、まずいことになってたりしないよな。若頭《カシラ》から監督不行き届きとか言われちまってたら、俺、どうしていいか分かんないよ」

「俺が頼まれたのは、君の弁護だけだ。組の事情は知らない」

素っ気なく言ってやると、坂本はがっかりした顔をしてため息をついた。

「ところで、現場には君の他に、もうひとり他の人間がいたようだという証言もあるようだが。君は誰と一緒だったんだ？」

「えっ……」

突然、話題が変わったせいなのか、坂本はパチパチと瞬きをして視線をうろつかせた。

「…い、いねえよ、誰も……。俺、ひとりだったんだから！　まちげーねえよ！」

「…そうか……」

深追いせずうなずくと、氷樫は携えてきたアタッシェケースからノートを一冊取り出した。

「なんだよ、これ……」

「被疑者ノートだ。これに、取り調べの時間や内容など、日記のように毎日記録しておけ。もし、高圧的な取り調べを受けたり、万が一、暴力を振るわれたりしたら、それも日付と一緒に忘れずに書いて署名しておくんだ」

『被疑者ノート』とは、被疑者と弁護人との秘密交通権を実質的なものとし、違法な取り調べや事実に反する供述調書の作成を防ぐために、日本弁護士連合会が密室での取り調べ状況を可視化する努力の一環として作成したノートである。

「えー……」と、坂本は、いかにも面倒くさそうに顔をしかめた。

「俺、日記なんて書いたことないよ。字だって知らねえしさぁ。第一、書くもんなんか持ってねえし」

「漢字が分からなければ、全部平仮名でいい。平仮名なら、書けるだろう。読めればそれでいいんだ。筆記用具は、申し出れば借りることができる。鉛筆はダメだぞ。必ず、ボールペンで書くんだ」

「ふーん……。書いておくと、なんかいいことあんのか？」

「もし、不当な取り調べを受けたりしたら、それを裁判で訴える根拠になる。場合によっては、ノートの記述を根拠に、調書の証拠採用を拒否することもできる」

「でもさぁ、こんなの持ってたら、デカに取り上げられちゃうんじゃねえの？」

「そんなことはできない。被疑者と弁護人には、秘密交通権が保障されている。もし、ノートを不当に取り上げたり検閲したりするようなら、俺が正式に抗議を申し入れるから心配するな」

「へえ……。さっすが、兄貴が頼んでくれた弁護士先生だ。なんか、すげー頼りになりそうじゃん」

返事の代わりに、氷樫は微苦笑した。

「ただし、このノートは後々、証拠として裁判所に提出する可能性もある。だから、それほどでもないのにやたら大げさに書いたり、嘘を書いたりはするな」

「…分かった……」

坂本は、神妙な顔でうなずいている。

被疑者ノートの表紙に坂本の名前を書き入れると、氷樫は弁護人氏名欄に署名をした。

「さっすが、弁護士先生、きれーな字だな」

「おだてても、なんにも出ないぞ」

素っ気なく言って、氷樫は話を戻した。

「それから、調書にはいっさい、サインするな。特に、覚せい剤関係の調書には絶対するな。もし、無理矢理させられそうになったら、俺に相談してからにすると言えばいい。君の警察根性の見せ所だと思って頑張るんだな」

「任せろよ。で、それもこのノートに書いておけばいいんだな」

「そういうことだ。俺が接見に来た時は、必ずこのノートを持ってきて俺に見せろ。いいな」

「了解！」

いつの間にか、すっかり氷樫に心を許したらしい坂本は、虚勢という鎧を脱ぎ捨て、どこか共犯者めいた顔でニッと笑った。


代々木署を出た氷樫は、その足で被害者が入院している病院へ回った。

幡ヶ谷の路上で、坂本武司と肩が触れた触れないの言い争いになり、坂本が携帯していたサバイバルナイフで左脇腹を刺された野田将樹《のだまさき》は新宿《しんじゅく》にある総合病院に入院していた。

医師の診断は、一か月の加療を要するとのことであるらしい。

受付で聞いた病室を氷樫が訪ねると、廊下にまで騒々しい話し声が響き渡っていた。

「どーすんのよ、将樹。個室になんか入っちゃって、入院費払えないよ。第三者ナントカだから、全額自己負担って言われてんだよー！」

第三者行為による医療費は、届け出ないと保険は使えない。

「うるせーな。この俺が、四人部屋なんか入ってられっかよ。由佳《ゆか》、お前、少しは金持ってんだろ」

「ちょっとぉ、人のお金当てにしないでよね。それよりさー、将樹を刺したのって、ヤクザだったんでしょ。大丈夫なの？　仲間が仕返しに来たりしないよね……」

「へっ、ヤクザなんか、怖かねーよ！」

頭痛のするような会話にやれやれとため息をつき、氷樫は病室の扉をノックした。

途端、話し声はピタリと止んだ。

「失礼します」

引き戸を引き開け、氷樫が入っていくと、見るからに頭の悪そうな男がベッドに寝ていた。

坂本に刺された、野田将樹本人だろう。髪は金髪に染め、耳にはシルバーのピアスがいくつも光っている。無精髭《ぶしょうひげ》を生やした顔には、坂本に殴られたらしいアザや傷が痛々しく残っていた。

傍らには、派手な化粧をした女性がつき添っている。由佳と呼ばれていた女性だと思われた。

ふたりとも、強張った顔で様子を窺うようにこちらを見ている。

「誰……？」と由佳が、怯えたように訊いた。

「坂本武司さんの弁護を担当することになりました、弁護士の氷樫です」

途中で買ってきた見舞いの花と菓子折に名刺を添えて差し出すと、由佳はどうすればいいのかというように野田の方を見ている。

野田が顎をしゃくると、由佳はゴテゴテとデコレーションを盛り上げた、鬼の爪のような手で見舞いの品を恐る恐る受け取った。

あの長い爪では、何もできないのではないか、と氷樫は内心で呆れた。それにしても、あの爪で引っかかれたら、さぞや痛いだろう。

「将樹、弁護士さん、弁護士さんだって……」

「お加減はどうかと思いまして。勾留中の坂本さんに代わって、お見舞いに上がりました」

氷樫が下手に出ると、野田はあからさまにホッとした顔をした。

「見ての通りだよ。医者は治るまでに一か月はかかるって言ってる。その間は仕事も休まなくちゃならないしさぁ……」

切れて腫れ上がった唇で、野田はうんざりしたように言った。

坂本の顔の傷がたいしたことなかったのに較《くら》べると、確かに一方的に野田が殴られたらしいと分かる惨状である。

「大変でしたね。命に別状がなくて、不幸中の幸いでした。こちらとしましても、できる限り、誠意を持って対応させていただきますのでご安心ください」

「…えっ、あ、そうなの……？　それじゃ何、休業補償とかもしてくれんのかな」

「はい。それで、できましたら、示談の話し合いなどもさせていただけると助かります」

「…示談……」

野田の視線が、泳ぐようにうろついた。

「もちろん、野田さんのお気持ちもおありと思いますから、無理にお願いすることはできませんが」

「…あー……、いいよ、考えても……。示談すると、示談金、払ってくれるんだよな」

「もちろんです」と氷樫が即答すると、野田はあからさまにニンマリと笑っている。

「ねえ、将樹、これ開けてみていい？」

氷樫が持参した菓子折を持って、由佳が割り込んできた。

「好きにしろよ」

ビリビリと由佳が菓子折の包装紙を破いている音を聞きながら、氷樫はベッドサイドの椅子に勝手に腰を下ろした。

アタッシェケースから、手帳代わりにしているタブレットパソコンを取りだし起動する。

「早速ですが、野田さんのお勤め先はどちらでしょうか？」

「えっ？」

「休業補償の計算をするために、できれば給与明細を拝見させていただきたいのですが」

「あー、えーと……。俺、バイトだから……」

氷樫はにっこりと微笑んでやった。

警察の事情聴取でも、飲食店アルバイトと答えたようだが、この様子ではちゃんと働いているかどうかあやしいものだ。腹の中ではそう思っているが、もちろん顔には出さない。

「アルバイトの明細でも、一向に構いません」

「……分かった。い、今すぐは無理だからさ……。用意できたら連絡する」

「お願いします」

「示談に応じれば、入院費とかも、当然、そっち持ちだよな」

「もちろんです」と氷樫が答えると、野田は満足そうにうなずいた。

「では、示談に応じていただけるお気持ちがあると、理解させていただいてよろしいですか？」

「まあ……。条件次第だけど」

「ありがとうございます」と氷樫は軽く頭を下げた。

「ところで、事件当夜の状況をお訊きしたいのですが」

「それなら警察に全部話したよ」

「分かっています。ですが、できましたら、野田さんから直接お聞きしたいのですが」

「ふうん……。いいよ」

「ありがとうございます」

なんだって、こんなチンピラの機嫌を取らなくちゃならないんだ。

にこやかな笑みを浮かべながら、氷樫は胸の裡で村雨を呪った。

「野田さんは、ご友人の方たちと酒を飲んだ帰りだったそうですね」

「そうだよ」

「お連れの方たちの、お名前と連絡先を教えていただけますか？」

「どうして……」

「状況をきちんと把握しないと、示談書を作成することができませんので」

「ふうん……。分かった。由佳、俺のスマホ取って」

野田が携帯電話の電話帳を見ながら読み上げた名前と連絡先を、氷樫はタブレットパソコンに素早く入力していった。

事件当夜、野田は友人を含め五人でいたらしい。

居酒屋で酒を飲み食事をしたあと、二軒目へ行くために歩いていて、坂本とぶつかり口論になったということのようだった。

「野田さんが坂本さんと口論になった時、他の方たちはどうしていたんですか？」

「俺、スマホで次に行く店を探してたんだよ。だから、あいつらとはけっこう離れて歩いてたんだ。それで、喧嘩に気がついて、あいつらがすぐに助けに戻ってきてくれたんだ」

「なるほど。それで、乱闘になった」

「まあね。俺だって喧嘩したかったわけじゃないけど、ぶつかっといて謝りもしないからさ」

氷樫は小さくうなずいた。

「坂本さんの話では、先にナイフを出してきたのは、野田さんの方だというのですが、それは本当でしょうか？」

「えっ……、お、俺はナイフなんか持ってないよ。け、ケーサツにだって、そう言ったし。第一、俺が持ってたナイフってどこにあんだよ」

開き直ったように言うのに、氷樫は逆らわずにうなずいた。

「気を悪くなさらないでください。一つ一つ、状況を確認したいだけですので」

ムスッとした顔をして、野田はそっぽを向いている。

「ところで、坂本さんはひとりでしたか？」

ちらり、と野田が横目で氷樫を見た。

「俺も酔ってたし、あんましよく覚えてないんだよな。ぶつかって喧嘩になった時は、確かにひとりだったけど……」

「というと、あとから誰か来た？」

「うーん……」と野田は考え込んでいる。

「あいつ、なんかすげー喧嘩馴れしててさあ……。俺のダチを、すぐボコボコにしちゃってさ。そしたら、あいつら俺置いて逃げ出しやがって……。もう、俺、怖くなっちゃってさぁ……。なあ、あいつ、ヤクザだってホント？」

「そのようですね」

氷樫があっさり認めると、野田の顔が引き攣った。

「まさか、仲間が仕返しに来るとかないよな……」

「そんなことはないと思いますが、わたしの方からも間違いのないよう申し入れておきましょう」

「あ、ああ……。そうしてもらえると安心だよ」

「先ほどの話ですが……」

「えっ？　ああ、こっちも必死だったからさあ。ただ、俺が刺された時、近くにもうひとり男がいたような気もするんだよな……。でも、俺は激痛で苦しくて息もできなくて、周りを見てる余裕なんかなかったからさ。よく分かんないんだよ」

「そうでしょうね」

「なあ、もういいだろ。俺、なんか疲れたよ」

「分かりました」と言って、氷樫は逆らわずにタブレットパソコンをアタッシェケースにしまった。

「では、また改めて示談についてのご相談に伺いますので、よろしくお願いします。どうぞ、お大事になさってください」

立ち上がり、慇懃に挨拶すると、そそくさと病室をあとにした。

氷樫が廊下へ出て病室の引き戸を閉めた途端、由佳の甲高い声が響いてきた。

「将樹、これ美味しいよ。もう一個食べてもいい？」

「どうせ、俺は食えねぇんだから、好きなだけ食えよ」

「ねぇ、休業補償って、将樹失業中じゃん。給与明細とか、どうすんの？　ヤクザ騙したりしたら、あとが怖くない？」

「バカ、声がでかいんだよ。なんとかするから心配すんなよ」

どうせ、そんなことだろうと思った。肩を竦め、氷樫は廊下を歩きだした。

病院を出た氷樫は、村雨に連絡を入れようと携帯電話を取りだした。

電話帳を呼び出し村雨の名前をタップしようとして、ふと動きを止める。

脳裏に、昨夜の出来事が蘇っていた。

昨日の今日で、どんな顔をして村雨に連絡すればいいのか分からない。電話だから、顔が見えるわけではないけれど、気まずさで胸が塞がってしまう。

これは仕事だ、と自分に言い聞かせ、氷樫は渋る気持ちを叱咤して村雨の携帯を呼び出した。

『亮彦か……』

「…あ、ああ……。その……、今、話してて大丈夫か？」

『構わない。坂本の接見に行ってくれたのか』

いつもと少しも変わらない村雨の応答にホッとして、氷樫も普段のペースを取り戻していた。

「行ってきた。ついでに、被害者の病院へも回って話を聞いてきた。これから、被害者と一緒にいた仲間の話を聞きに行ってこようと思ってる」

『何か出てきそうなのか？』

「どうかな。示談の相談もしたいし、あとで会って話がしたいんだけど」

『遅くなってもいいなら』

「俺も遅い方が助かるかな。……十時くらいでどうだ」

『分かった。十時にお前の部屋へ行く』

「えっ……？　あっ、おい……」

返事をする間もなくぶつりと切れた携帯電話を耳から離し、氷樫はまじまじと見つめた。

「なんで、また俺の部屋なんだよ……」

沁み入るようなため息をつき、氷樫は指先でこめかみを揉んだ。

これから先、自分は村雨とどうつき合っていけばいいのだろう。

氷樫の気持ちが固まるまで待つと村雨は言ったが――。

自分は、村雨とどうなりたいと思っているのか。このまま友人としてのスタンスを崩したくないと思うのか、それとも踏み込んだ決意を固める気持ちが少しでもあるのか。

胸の裡を探るように考えても、答えはすぐに見つかりそうもなかった。

それなのに――。

「…今夜も来るのか……」

逡巡と葛藤に苛《さいな》まれ、氷樫は陽炎《かげろう》の揺れる路上に疲れたように立ち尽くしていた。

その夜、根本が帰ってひとりになると、氷樫は改めて坂本武司の傷害事件を検証してみた。

加害者の坂本武司、被害者の野田将樹とその仲間四人の話を総合すると——。

幡ヶ谷の路上を走っていた坂本は、歩きスマホをしていた野田将樹とぶつかってしまった。

坂本と野田が口論になった時、野田の連れである四人は、野田と十メートルほど離れた先を歩いていたとのことだった。

騒ぎに気づいた四人は、しばらく言い争いをしているふたりを遠巻きに見ていたが、坂本と野田が殴り合いになり、なおかつ野田が劣勢なのを見て、慌てて仲裁に駆けつけた。

坂本は駆けつけてきた四人を、かたっぱしから殴りつけたと言っていたが、確かに四人とも顔にひどいあざを拵《こしら》えていた。

いきがってはいても、喧嘩はからきし弱かった四人組は、坂本に殴られた途端、戦意を喪失してしまったらしい。野田を置き去りにして逃げだそうとした。

坂本の言い分によれば、野田がナイフを出したのは、どうもその時らしかった。

ひとり置き去りにされると思って、野田は恐怖に駆られてしまったのだろう。

ナイフを振り回して威嚇しながら逃げだそうとした野田を、坂本が応戦する形で刺してしまった、ということのようだった。

野田を見捨て回れ右して逃げだした四人組は、だから誰も野田が刺された瞬間を見ていない。

『犯人が「コラ、待て！」って怒鳴ってて……。そのあとすぐ、「バカ野郎！」って怒鳴り声が聞こえて、恐る恐る振り向いたら将樹が転がって呻いてたんだ』

動転していたし、暗かったので記憶は曖昧だが、坂本の他にもうひとりいて走り去ったような気がするという話だった。

そして、『バカ野郎』と怒鳴った声は坂本の声だったと思う、と四人ともが証言していた。

となると、坂本はナイフをちらつかせた野田に対し、『バカ野郎』と怒鳴ったのか――。

「なんか、まだ何かありそうな気がするんだよな……」

そもそも、四人とも坂本に殴られ多少なりとも怪我をしているのに、誰も被害届を出していない。

被害届を出す気はないのかと氷樫が訊いても、全員がそのつもりはないと首を横に振った。

どうして、被害届を出さないのかと訊くと、坂本が組員と知って怖くなった、これ以上関わり合いになりたくないと口を揃えて言った。

確かに、理由としてはよくある話で筋も通っているのだが、長年の弁護士の勘で、何か別に理由があるような気もしてしまう。

氷樫が手にしたペンを放り出した時、デスクの上のデジタル時計の数字がスッと切り替わった。

二十時五三分――。

息を潜めるかのように静まり返った室内に、氷樫のため息が響いた。

村雨との約束は十時だった。そろそろ仕事を切り上げ、帰宅しないと間に合わなくなる。

それとも、急な用事ができたと、キャンセルしてしまうか――。

そう思ってから、こんな遅い時間にできる急用とはどんな用事だ、と自分でも苦笑してしまった。

あまりにも見え透いているようで、さすがに言えないと思ってしまう。

仕方がない、と氷樫は自身を説得するように呟いた。

坂本武司の件で、村雨と話し合わなければならないのは事実なのだ。

今夜は公私混同は絶対にしないと心に決めて、村雨と会うしかない。

そう覚悟を決めた途端、傍らに置いてあった携帯電話が着信を知らせた。

こんな時間に誰だろうと思いながら携帯電話を手に取ると、ディスプレイに浮かんでいたのは登録したばかりの村雨の名前である。

『亮彦か？　今、大丈夫か？』

「構わないよ。何かあった？」

『悪いが、今夜の約束はナシだ』

「忙しいのか？」

「…そうか……、分かった」

『まあ、いろいろとな……』

『坂本の件はどうなった？　電話では話せないか？』

村雨の背後に耳を澄ませても、物音は何一つ聞こえてこなかった。

どこからかけているのか分からないが、村雨はひとりきりでいるらしい。

「そんなことないよ。被害者の野田将樹は示談する気満々みたいだから、すぐにでも示談は成立すると思う。金に困ってるみたいだし、相場より多少色をつけた金額を提示して交渉すれば、減刑嘆願書も書いてくれるんじゃないかと思う。起訴前に示談を成立させて、示談書と一緒に処罰感情が強くない旨の一筆を添えて提出すれば、上手くいけば傷害に関しては罰金刑ですむかもしれない」

ふふ、と村雨が低く笑った。

『さすがだな……』

「別にこれくらい、俺でなくたって弁護士なら誰でもやるよ」

『示談金は俺が用意するから、心配するな。……例の方はどうだ……』

「そっちはまだなんとも……」

『そうか……』

「話を戻すが、坂本が事件を起こした時、現場にもうひとりいたようなんだ」

『もうひとり？　誰なんだ』

「分からない。坂本はいないと言い張ってる。野田は覚えていないそうだ。ただ、野田の仲間が、野田が刺された時に、誰かがバカ野郎と怒鳴る声を聞いたと言ってる」

『野田の声じゃないのか？』

「俺も野田が坂本を怒鳴ったのかと思ったが、野田は刺されて怒鳴るどころじゃなかったらしい。坂本だとしたら、坂本は誰に対して怒鳴ったんだろう。明日、もう一度、示談交渉を兼ねて野田に話を訊きに行ってこようと思ってる」

『頼む』と言って、電話が切れると、室内には元の静寂が戻って来た。

携帯電話を放り出し、氷樫は両手で顔を擦った。

ホッとしたような、ガッカリしたような、曰く言い難い気分だった。

くるりと椅子を回転させ窓の方を向くと、向かいの雑居ビルの窓にもまだ灯りがついていて、忙しそうに人が立ち働いているのが見えた。

ふと、村雨は今夜、どんな急用ができたのだろうと思った。

組関係のことで抜けられなくなったのだとすれば、村雨はこれから何をしようとしているのか――。

考えた途端、首筋がスーッと冷えた気がして、氷樫は息を詰めた。

七尾組の幹部として、村雨がどの程度違法行為に手を染めているのかは分からなかったし、正直なところ知りたくもなかった。

万が一、村雨が警察に逮捕されるような事態に陥ったら、何はさておき村雨の弁護活動に全力を傾注するつもりだった。そのことには、何一つ支障を感じていない。

どんな極悪人であろうと、全ての被疑者、被告人は、刑事訴訟法で弁護人を専任する権利を保障されているのである。ヤクザだって、当然同じである。

いつも通り、氷樫は警察、検察が握っている証拠を精査し、その証拠に基づいて公正な裁判が行われるよう力を尽くすだけだった。

だが、ヤクザと私的な交流を持つことはどうなのか――。

世間一般の常識として、ヤクザとつき合いのある弁護士など信頼できないという意識は強いだろう。

弁護士として、氷樫が村雨のために活動することはともかく、個人的な交際が表沙汰になれば、それはやはり弁護士生命に関わるスキャンダルだと言わざるを得ない。

そこまでの覚悟が、果たして自分にできるのだろうか――。

十八年待ったのだといって、村雨は氷樫を抱こうとした。

では自分は、この先、村雨とのつき合いをどうしたいと思っているのか今一つ判然としない。

向かい側の雑居ビルでは、残業が終わったらしい。

最後までついていた事務所の灯りが、ふっと消えて、雑居ビルは闇に沈んでいった。

鏡になった窓ガラスに、疲れた自分の顔が映っていた。

村雨が十八年もの長い間、氷樫を忘れずにいてくれたことは素直に嬉しいと思う。

だが十八年前に、氷樫との関係を断ち切ったのは、村雨の方ではないかという思いもまたあった。

鑑別所へ送られた村雨に、氷樫は何通も手紙を書いて出したのに、ついに一度も返事は来なかった。

横浜へ移り住んでからも、諦めきれず、村雨の姉宛てに、村雨の消息を訊《たず》ねる手紙を書いた。

でもその手紙は、宛先不明で氷樫の元へ戻ってきてしまった。

直後、氷樫は母親とともに、父の異動先である札幌へ転居した。

そのまま、氷樫と村雨を結ぶ糸は切れてしまったはずだった。

まさかそれが、十八年も経ってから復活するとは、あの頃の氷樫には想像だにできないことだった。

だがやはり、十八年の空白は重すぎたのかもしれない。

遠くから聞こえてきたパトカーのサイレンの音で、氷樫は物思いから引き戻された。

今頃、村雨はどこでどうしているのだろう。

漠然とした不安に心が波打って、氷樫はそっと目を閉じた。


二日後——。

「先生、お客様がお待ちです」

夕方、外出先から戻ってきた氷樫に、根本が待ちかねたように告げた。

「坂本さんのご友人で、大森《おおもり》さんと仰るそうです。坂本さんの件で、お話があるそうです」

氷樫が事務所へ入っていくと、すらりと背の高い男がソファから立ち上がり頭を下げた。

年齢は、坂本と同じくらいだろう。

鼻筋の通った、男らしく端整な顔立ちの青年だった。

Vネックのカットソーに五分袖のテーラードジャケットを羽織り、カーゴパンツを合わせている。

胸元には、キーリングネックレスが下がっていた。

目つきの鋭ささえなければ、メンズ雑誌の読者モデルくらいは務まりそうに見えた。

「お待たせしました。氷樫です」

大森に座るように促しながら、氷樫は自分もソファに腰を下ろした。

それから、大森に名刺を差し出した。

受け取った名刺を、大森は緊張した面持ちでじっと見つめている。

「坂本君の友達なんだって？」

氷樫が敢えて砕けた口調で訊くと、顔を上げた大森の口元に微かな笑みが浮かんだ。

「年齢は同じですけど、組じゃ武司の方が先輩だったし、弟分として可愛がってもらってました」

ソファに浅く腰掛け背筋を伸ばし、大森は生真面目な口調で答えた。

まるで、面接試験を受けているような受け答えに、氷樫は苦笑した。

「ということは、君も七尾組の組員なんだ」

予想はしていたものの、大森は暴力団の若衆には見えなかった。

いかにもチンピラらしく、きゃんきゃんとやたら吼えまくっていた坂本と違い、大森はどちらかというと、ホスト風の優男といった方がしっくりくる。

「はい。先月まで、組のお世話になってました」

「先月まで？」

「俺、足を洗ったんです」

そこへ根本が、コーヒーを淹れて持ってきてくれた。

大森の前には手つかずのコーヒーが置いてあったが、根本はそれも新しい物と入れ替えていった。

「どうぞ、楽にして……」

大森にコーヒーを勧めると、氷樫はすぐにカップを持ち上げ口をつけた。

今日は朝から、幡ヶ谷の現場へ検証に行ってきた。

それから、野田の入院している病院へ回って示談の下交渉を行い、午後からは代々木署に留置されている坂本の接見に行ってきたのである。

フル回転して、疲れてしまっていた。熱いコーヒーで、取り敢えずホッと息をつく。

「さっき、足を洗ったって言ったけど、よく決心できたね」

「俺、子供ができちゃって……」

ちょっと照れくさそうに言って、大森はちらりと笑った。

「で、どうしても、組、抜けて欲しいって、嫁に泣かれちゃって……」

「それじゃ、今、仕事は何してるの？」

「…えっと……その……、今、探してるところで……」

ばつが悪そうに口ごもり、大森は目を伏せた。

「知り合いに工務店紹介してもらって入ったんですけど、なんか雰囲気合わないっていうか……。居づらくなっちゃって……」

組を抜けてヤクザから足を洗ったからといって、世間の見る目がすぐに変わるわけではない。それに、一度真っ当な道から外れて、日銭を稼いで暮らすようなチンピラ生活に首まで浸かってしまった者は、いわゆる正業に就いて地道に働くのが得意ではない。

しかも、本人は真面目に出直そうと決意していても、周りは毛色の違う異分子の存在に敏感に反応し、強弱の差はあっても拒絶反応を起こしがちだった。

本人も周囲のよそよそしい空気を感じ取った結果、馴染むことができないまま職場から弾き出されてしまうことが多い。

十代の頃、学校での集団生活に違和感を覚え、どうしても溶け込むことができず、結果的に不登校寸前に陥っていた氷樫には、彼らが世間や職場から疎外されていく気持ちが分からなくはない。

しょんぼりと肩を窄《すぼ》めて座っている大森を、氷樫は気の毒そうに見た。

それでも彼は、生まれてくる子供のために一歩を踏み出す決意を固めたのだ。

頑張れ、と氷樫は胸の裡でエールを送った。

「先生は、武司……、坂本武司の弁護を引き受けてくれたんですよね」

「そうだよ」

「…あの……、先生は村雨の兄貴とは、どういう……」

「高校の同級生なんだよ」

よほど予想外の返事だったのだろう。大森は、ぽかんと口を開けて氷樫を見た。

「えっ……、あ……、そうなんですか……」

恥じらったように薄く笑ってから、氷樫は仕切り直すように水を向けた。

「それで、話っていうのは坂本君のことかな？」

途端に大森の視線が泳ぎ、ひくりと肩が揺れた。

「…あの……」

俯きがちに上目遣いで氷樫を見て、大森はようやく聞き取れるほどの声で言った。

「村雨の兄貴は、黙ってろって言ったんです。でも、俺……、やっぱり……」

微妙に眉を寄せ、氷樫は項垂れている大森を見た。

足を洗ったはずの大森の口から、どうして村雨の名前が出てくるのか――。

そもそも、村雨は何を大森に口止めしたのだろう。

「兄貴は、武司には腕利きの弁護士をつけたから、何も心配するなって言ったんです。でも……」

言い渋り、何度も唇を舐め、大森は続く言葉を口にできずに逡巡している。

「坂本君には、今日も接見してきたよ」

弾かれたように顔を上げ、大森は氷樫を見つめた。

「武司、元気でしたか？」

「元気過ぎるくらいだよ」

接見室で、坂本は取り調べに当たっている刑事のことをさんざんにこき下ろし、怒りまくっていた。

警察根性には自信があると大見得を切っただけあって、調書にはまだ一通もサインしていないと胸を張っていたが――。

「どうして彼は、何かにつけて、ああも頭に血が上っちゃうんだろうね。もう少し、冷静に話せないのかと呆れるほどだよ」

　ぼやき交じりに氷樫が嘆くと、大森は口許だけでうっすらと笑った。

「武司はいつもそうなんです。癇癪持ちで、すぐぶち切れるし、手は早いし……。でも、筋の通らないことが大嫌いな、気持ちの真っ直ぐないいヤツなんです」

　大森の表情や口調には、坂本を思う気持ちが滲み出ていた。きっと七尾組時代のふたりは、いいコンビだったのだろうと氷樫は思った。

「俺のことは、村雨に訊いてきたの？」

「えっ……、あ、いえ……。兄貴の運転手してる繋ってヤツに……。最近、兄貴が行った弁護士事務所、どこか分かるかって訊いて、兄貴には内緒で教えてもらったんです」

　ああ、なるほど、とうなずいてから、氷樫は大森が村雨には内緒でと言ったのが引っかかった。

「何か村雨の耳には、入れたくない話があるのかな？」

「あ、あの……、俺……」

　途端に、少しばかり滑らかになりかけていた大森の口がまた重くなってしまった。

「大丈夫だよ。君はもう組を抜けたんだし。もしそうしてほしいなら、君がここへきたことは村雨には言わないでおくから」

「……ほんとですか？」

「もちろんだよ」と氷樫はうなずいた。

「相談者のプライバシーを護るのは、弁護士として当然の義務だからね」

　泳ぐように視線をうろつかせ、大森はまた乾いてしまった唇を舐めている。

「あの……」

大森が、何かを打ち明けたくてここへきたらしいと、氷樫は薄々感づいていた。

でもそれは、よほど口にしづらいことらしい。

こういう時、グズグズ言わずにハッキリしろと、活を入れるように問い詰めるのは簡単だが、大森のようなタイプにはかえって逆効果である場合も多い。

焦れったい気持ちを抑えつけ、氷樫は大森が自分から口を開くのを辛抱強く待ち続けた。

大森も、いつまでこうしていても仕方がないと思ったのだろう。

深呼吸をするように深く息を吸うと、覚悟を決めたように顔を上げた。

切れ長の目が、思い詰めた色を浮かべて、どこか縋るように氷樫を見つめている。

「武司じゃなくて、本当は俺がやったんです」

「えっ……？」

一瞬、大森が何を言い出したのか分からなかった。

「まさか……」と呟いてから、氷樫はハッと思い当たったように目を見開いた。

「さっき君は、村雨が黙っていろと言ったと言ったね」

「はい……」

「それはつまり、村雨は最初から真相を知っていたということなのかな」

大森は、伏し目がちに小さくうなずいた。

「武司が逮捕されたって聞いて、俺びっくりしてすぐ兄貴のところへ行って打ち明けたんです。それで、俺がこれから自首するって言ったら、代人に立った武司のメンツを潰すなって叱られて……。それは、確かにそうなんですけど……」

「メンツって……。これだからヤクザは……」

指先でこめかみを押さえながら、氷樫はうんざりとため息をついた。

村雨は村雨なりに、大森の事情を慮ったのだろうが、と考えてから、もしかしたら、村雨は坂本に十八年前の自分の行動を重ねたのではないかと思い当たっていた。

そうだ、そうに違いないと氷樫は思った。だからこそ村雨は、大森を庇って身代わりになった坂本の気持ちを、大事にしてやりたいと考えたのだろう。

途端、胸の奥に熱いような冷たいようなものが溢れ広がって、氷樫は思わず目を閉じた。

それは、ゆっくりと身体全体に染み渡り、氷樫に引き攣れるような微かな痛みも感じさせた。

大森は十八年前の自分だ、と氷樫は思った。

あの時、村雨は全力で氷樫を庇い、文字通り身を挺して護り通してくれた。

そして今また、坂本がかつて村雨が歩いた道を行こうとしている。

でもそれを、黙認することはできなかった。それは、真相を知ってしまったからでも、自分が弁護士だからでもなく、大森に自分の轍《てつ》を踏ませてはならないと思ったからだった。

「事件当夜、何が起きたのか、最初から順を追って話してくれるかな」

大森は唇を引き結び、記憶を辿《たど》るように視線を揺らした。それから、小さく息をつき話し始めた。

「俺、紹介してもらった工務店、半月も経たないうちに辞めちゃって、次の仕事も見つからないし、困って武司に相談持ちかけたんです。そしたら、会って飲みながら話そうってことになって……」

それまでのためらいが嘘のように、大森は堰《せき》を切ったように話し始めた。

大森も、自分だけの胸に真実を押し込めておくのに限界を感じていたのだろう。

「七尾のシマ内じゃ会いづらいから、幡ヶ谷にしようって言ったのは武司だったんです」

大森が坂本と待ち合わせた店へ向かって歩いて行くと、路上で誰かが喧嘩していた。

「見ると、武司が四、五人相手に大暴れしてて。武司のひとり勝ちみたいだったし、俺も、あー、またやってるよ、くらいに思って近づいていったんです」

ところが、坂本が逃げ出した野田の友人に気を取られている隙に、倒れていた野田がナイフを持って起き上がったのが見えたのだと大森は言った。

「あいつが、武司のこと、背中から刺そうとしたから、俺、もう夢中で……」

坂本を助けようとして、大森は護身用に持っていたサバイバルナイフで、野田の脇腹を刺してしまったのだと言った。

「君は普段から、ナイフを持ち歩いたりしてるのか」

大森はしょんぼりとうなずいた。

「俺、武司ほど喧嘩に強くないし。ないと、なんか不安で……」

「でも、君はもうヤクザから足を洗ったんだろう？」

「…そうなんですけど……」

肩を窄めた大森に、氷樫は思わずため息をついた。

「武司に、『バカ野郎！』って怒鳴られて、俺、我に返って……。大変なことしたと思ってたら、武司が俺からナイフ取り上げて早く行けって……」

なるほど、そういう経緯だったのか、と氷樫はようやく腑に落ちた思いでうなずいた。

恐らく、大森の犯行に気づいた瞬間から、坂本は大森の罪を被る気でいたのだろう。暴走族上がりで逮捕歴もある坂本は、指紋を元に犯歴照会されればすぐに身元が判明してしまう。坂本はそれを逆手にとって、わざと現場に自分のＩＣカードを残したのだ。

そして村雨は、何もかも全てを承知の上で、氷樫には真実を知らせることなく弁護を依頼した。

「……ったく、どいつもこいつも、やってくれるじゃないか」

憮然として吐き捨ててから、氷樫は大森の方を向き直った。

「今日、君がここへ来てくれたのは、自首する気持ちがあるからだと理解していいのかな」

膝の上の拳をぎゅっと握り締め、大森は小さくうなずいた。

「やっぱ、このままだと、一生後悔することになると思ったんです。俺は、親友に濡れ衣を着せて知らん顔した、卑怯で情けない男だって……」

唇を噛み締め、何度も目を瞬かせ、大森は昂《たかぶ》りそうな感情を鎮めるように息をついた。

「そんなじゃ、生まれてくる子供にも合わせる顔がないって思って……」

「このこと、奥さんには、もう打ち明けたの？」

俯きがちに、大森は微かにうなずいた。

「昨日の夜、話しました。ごめんって謝ったら、謝ってすむことじゃないって平手打ちされて……」

膝の上の拳が白くなって、ぶるぶるとふるえている。

「でも、自首する決心してくれて、嬉しいって言ってくれたんです。……それで、赤ちゃんと一緒に待ってて……くれるって……、言って…くれたんです……」

最後はとうとう涙声になって、大森は鼻を啜り上げた。

氷樫は静かにうなずいた。

「今度こそ、やり直す気持ちはあるんだね」

「はい。ちゃんと罪を償って、一から出直そうと思います」

「ところで、坂本君の部屋から覚せい剤と顧客リストらしきデータが入ったＳＩＭカードが押収されているけれど、君はそれについてはどう思ってる？」

「あれは、誰かに嵌《は》められたのに決まってます」

「誰かにって、誰に……？　心当たりがあるのかな」

唇を引き結び、大森は首を振った。

「ありません。でも、武司は組に内緒で、シャブの密売するようなヤツじゃありません」

「そうか……。七尾組では、覚せい剤は御法度なんだったね」

「ええ。そうです」

まだ潤んでいる大森の双眸を見つめ、氷樫は慎重に言葉を継いだ。

「でも、表向きは覚せい剤は御法度になってるんだけど、その実、裏ではこっそり扱ってるなんてことはない？」

「七尾ではないです」

きっぱりと言い切った大森に、氷樫は「本当に？」と念を押すように訊いた。

「ええ。危ない橋渡って直《ちょく》にやらなくても、二次や三次の組にやらせればすむことですから」

「それはつまり、七尾組本体は覚せい剤を扱っていなくても、下部組織は密売に手を染めているということなのか」

「下の方は、シノギもきついし。でも、上納金は変わらず納めなくちゃならないですから」

「例えば……？」

「……澤井組とか、かなり手広くやってるみたいですけど」

「澤井組？」

ドキリとして、氷樫は訊き返した。

確か、村雨が最初に誘われて入ったのが、澤井組ではなかったか——。

「ええ。澤井組のやり方は、顧客の番号が入ったＳＩＭカードを、一枚百万とか百五十万とかで売人に売りつけて密売に使わせるんです。万が一、警察に売人が捕まっても、使われてる番号はプリペイドとか名義トバシの番号ばかりだから、客は無傷で残るんです。アタマいいですよね」

それは頭がいいのではなく、悪知恵が働くのだろうと思ったが、氷樫は口には出さなかった。

「売人の代わりは、いくらでもいるということか……」

「澤井組のカシラで、吉田さんって人が考えたらしいです。澤井組は、吉田さんがカシラになってから羽振りいいみたいです」

「…吉田……？」

どこかで聞いた名前だと思ってから、氷樫はわずかに目を見開いた。

村雨に目をつけ、借金の肩代わりを餌にヤクザの世界へ引きずり込んだ男ではないか。

まさか、坂本の覚せい剤密売容疑にも、村雨が一枚噛んでいるなどということはないだろうな——。

吐き気のするようなその想像は、ずしりとした重みを持って氷樫の胸に沈み込んできた。

「そう言えば、武司は澤井組の若いヤツらにもゾク時代の知り合いがいるみたいで、武司の部屋にもよく出入りしてました」

氷樫が抱いた疑念に、大森が屈託のない口調で追い打ちをかけた。

警察の家宅捜索で、坂本の部屋から発見された覚せい剤とＳＩＭカード。

澤井組が売人に売りつけているという、顧客の携帯番号が入ったＳＩＭカード。

村雨と吉田の関わり、そして村雨と坂本の関係。

これらはいったい、何を意味しているのか――。

アルコールなど一滴も飲んでいないのに、悪酔いしたようにこめかみの辺りがガンガンしていた。

思わずきつく閉じた瞼《まぶた》の裏に広がる闇に、人を食った薄い笑みを浮かべた村雨の顔が浮かんだ。

不意にその闇の奥から見えない手が伸びてきて、いきなり喉元を摑まれたような錯覚に囚われ、氷樫は息を詰めていた。


その晩、氷樫はもう一度、事件現場へ足を運んだ。

坂本が野田とぶつかって口論になり、大森が坂本を護ろうとして野田を刺してしまった場所である。

事件が起きたのと同じ、夜の十一時半過ぎに訪れると、雑居ビルが建ち並ぶ通りは昼間来た時とは打って変わって人通りはほとんどなかった。

「だから、目撃者もいないのか……」

少し先にコンビニがあるのが見えているが、あそこからでは騒ぎには気づかなかっただろうか――。

ポツン、ポツンと街灯が立ち並んでいる深夜の路上で、氷樫はため息をついた。

大森と話し合った結果、明日、氷樫がつき添って代々木署へ出頭する手はずになっていた。

だが、大森の『野田が坂本を背後から刺そうとしていた』という状況を、証明することができなければ、大森が一方的に不利な立場に立たされてしまいかねない。

野田は自分がナイフを持っていたことを認めてもいないし、一緒にいた友人たちも口裏を合わせて否定している以上、目撃者など決定的な証拠がどうしても必要だった。

「……あれは……」

氷樫がすぐ近くの雑居ビルに隣接した駐車場に目を向けた時、前方から見覚えのあるメルセデス・ベンツが走ってきて停まった。

すぐに運転席から繁が降りてきて、後部座席のドアを恭しく開けた。

「村雨……」

「大森から、話は聞いた。明日、出頭させるそうだな」

うなずいた氷樫の前へ、村雨がずいと歩み寄ってきた。

「なんで、そんな余計なことをする」

底に怒りを忍ばせた、低く押し殺した声で村雨が言った。

「お前は、坂本のメンツを潰すつもりか？」

うんざりと、氷樫は首を振った。

「メンツってなんだよ。そんなもののために、真実をねじ曲げることはできない」

村雨の眇められた目に、刺すような剣呑な光が浮かんだ。

「そんなものだと？」

背筋がゾクリとふるえるような、凄味のある声だった。

意地でも気圧されまいと、氷樫は村雨から目を逸らさずにうなずいた。

「ああ、そうだよ。俺に言わせれば、ヤクザのメンツなんて、自己満足の欺瞞《ぎまん》でしかないね」

最後まで言い終わらないうちに、氷樫は村雨に胸ぐらを摑まれていた。

「もう一度言ってみろ！」

「……だから、ヤクザのメンツなんて、張り子の虎みたいなもんだって言ってるんだよ！」

「なんだと……」

「…放せよっ……！」

食いつきそうな顔をしている村雨と、氷樫は至近距離で睨み合った。

殴られるかも知れない、と氷樫が心密かに覚悟を決めた時、村雨が突き放すように手を放した。

ふらりとよろけながら咳き込んでいる氷樫を、村雨が冷たい目で見据えている。

相当怒っているなと思ったが、ここで引くわけにはいかない。

ネクタイを緩め呼吸を整えると、氷樫は仁王立ちしている村雨と対峙《たいじ》した。

「お前が正義の弁護士面をして、大森を自首させたら、残された女房はどうなると思ってるんだ」

「俺は正義を振りかざして言ってるんじゃない。大森のために、引いては家族のためにも、彼は自首した方がいいと言ってるんだ」

「子供が生まれるんだぞ。だから、坂本は大森のために代人に立ったんじゃないか」

「分かってるさ。でもそれは、絶対に大森のためにはならない。今ここで、坂本に罪を被ってもらって裁かれずに過ぎてしまったら、大森は本当の意味でやり直すことはできない。せっかく、ヤクザか

ら足を洗ったのに、それじゃ意味がないじゃないか」

そこまで一気に言うと、氷樫は項垂れるように首を折った。

「十八年前、俺は村雨に庇ってもらった。あの夜、ナイフを持っていったのは俺だったのに、村雨はそれをないことにしてくれた。それで、自分だけ逮捕されて少年院へ送られていった。村雨のおかげで、俺は無傷だった。でも、本当は……」

言葉が喉に詰まり、氷樫は唇を噛み締めた。

「ナイフは俺が持っていた物だといくら言っても、俺を取り調べた警察官は、俺が村雨を庇っていると決めつけて取り合ってくれなかった。でも、俺の中に、それならそのままにしておいた方が得だという気持ちが、丸っきりなかったかと訊かれたら、なかったとはとても言い切れない。俺は卑怯者だ。事実を分かってもらう努力を放棄して、村雨がひとりで全てを背負い込むのを黙って見ていたんだ」

あの花火大会の夜の出来事は、十八年間、氷樫の心の底に重い石のように沈んでいた。

忘れようとして、忘れられない。でも、けして思い出したくない記憶——。

「大森は、十八年前の俺だ……」

絞り出すように氷樫が言った瞬間、村雨の肩が揺れたのが分かった。

「あの時、ナイフを持っていたのは亮彦だと分かったとしても、俺の年少送りは変わらなかっただろう。刺したのは俺なんだから。それに、俺には中学時代からの補導歴もあった」

俯いたまま、氷樫は小さくうなずいた。

「そうかもしれない。それでも、俺は銃刀法違反で、きちんと処分を受けるべきだったんだ。不当に処分を逃れてしまったせいで、十八年間、俺はずっと良心の呵責を抱え続けてきた……」

「亮彦……」と、村雨が苦しげに呼んだ。

「あの時、俺はどうすれば亮彦に瑕疵《きず》をつけずにすむか、そのことだけに必死だった。俺が亮彦を花火大会に連れだしたのに、そのせいでとんでもないことに巻き込んでしまった。俺なんかと違って、亮彦には将来がある。どんなことをしても、亮彦だけは無傷で護らなければならない。そう思った。……でも、あの時、俺がしたことは、お前に重荷を押しつけることになっただけだったのか？」

うっすらと笑みを浮かべ、氷樫は哀しげに村雨を見た。

「村雨には感謝してるし、申しわけなかったと思ってる。でも……。友達はいない。あの日、俺はそう言っただろう？　友達は村雨だけだって……。でも、俺は卑怯者になってしまったせいで、たったひとりの大切な友達も失《な》くしてしまった」

口にした途端、今さらのように十八年の空白の重みが胸に堪えた。

十八年ぶりに再会し、もう一度、やり直せるかもしれないと思ったけれど、今度こそ本当に村雨を失ってしまうかもしれない。

ふっと息をつき、氷樫は夜空を仰ぎ見た。

雲が低く垂れ込めた暗い空には、月も星も浮かんではいなかった。

どんなに自分が村雨を失いたくないと思っていたのか、こんな形で思い知りたくはなかった。

大事な宝物を奪われてしまった幼子のように、声を上げて泣きたい気分だった。

それでも、今はまだ泣くわけにはいかない、と氷樫は奥歯を強く噛み締めた。

「大森に、俺と同じ思いを抱え込ませたくないんだ。せっかく足を洗ったのに、彼はまだナイフなんか持ち歩いてた。ナイフを持ってさえいなければ、彼が野田を刺してしまうこともなかったし、坂本が代人になることだってなかった。それをきちんと自覚して、罪を償って初めて、彼は本当の意味で足を洗ってやり直すことができるんだ。でも事実をねじ曲げたままでは、彼が枷《かせ》から解き放たれることは金輪際ない」

拭い去ったように表情をなくし、村雨は黙って氷樫を見つめていた。

ぽつん、と頬に雨粒が当たった。

乾ききったアスファルトに大粒の雫が落ちる音がして、埃臭い雨の匂いが立ち昇ってくる。

村雨が濡れることを気にしたのか、車から繁が降りてきた。

でも、正対して立つ氷樫と村雨のただならぬ様子を見て、困惑したように立ち竦んでいる。

「…兄貴……」と遠慮がちに呼んだ繁の方を、村雨がちらりと見やった。

「送って行こう」

氷樫は黙って首を振った。

「…そうか……」

低く言って踵を返した背中を、氷樫は溢れんばかりの切なさに胸を締めつけられる思いで見つめた。

村雨の背中は手を伸ばせば届く距離にあるのに、果てしなく遠くにあるようにも感じる。

大森のために話をしたはずが、結果的に、十八年前の村雨をも責めるような恰好になってしまった。

それは、けして本意ではなかったが、一度口から出てしまった言葉はもう元には戻らない。

大森を助けようとして、村雨を傷つけてしまったと思うと胸が痛い。

でも、氷樫が弁護士である以上、今はその感傷に浸り込むことはできなかった。

繁が車のドアを開けた。

「坂本も大森も、先にナイフを出したのは野田の方だと言っている。俺は、ふたりが言っていることを信じる。なんとかして、それを証明できないかやってみるつもりだ」

村雨がゆっくりと振り向いた。

「大森は一度逃げているから、検察の心証は必ずしもよくないだろう。それでも、野田が先に坂本を刺そうとしたことが証明できれば、情状酌量の余地もなくはないと思う。だが、坂本には覚せい剤密売の容疑が残ってる。大森は、坂本は誰かに嵌められたのに違いないと言った。誰がなんのために坂本を陥れたのか、それが分からなければ、坂本はやってもいない罪を背負うことになる」

雨の中、村雨は黙って氷樫を見ていた。

撥水加工がしてあるらしく、見るからに仕立てのいい村雨のスーツは、雨粒を弾いて寄せつけなかった。ころころと村雨の肩から転がり落ちる雨粒を、氷樫はじっと見つめた。

弾かれているのは、雨なのか氷樫の言葉なのか――。

村雨の沈黙が、何を意味しているのか分からなかった。それでも、ためらいを振り切って、氷樫はなおも言葉を継いだ。

「覚せい剤の密売に、顧客リストの入ったＳＩＭカードを使うやり方は、澤井組のやり方だそうだな」

村雨の表情は動かなかった。

「…だから、どうした」

抑揚のない低い声は、なぜか氷樫の胸に刺さるように響いた。

ついに何も言えなくなってしまい、氷樫が緩く首を振ると、村雨は車の中へ身体を滑り込ませた。

すぐに、繁がドアを閉める。

たった車のドア一枚で隔てられただけなのに、ついさっき、村雨の背中が遠いと思った時より、さらに距離が開いたような気がした。

あの車の中の世界に、氷樫が入っていくことはできない。

運転席に繋が乗り込み、車は滑らかに発進した。

遠ざかるテールランプを、氷樫はただ見送ることしかできなかった。


翌朝——。

事務所へ出勤してきた氷樫の顔を見た根本は、気遣わしげに眉を顰めた。

「ずいぶん、お疲れのようですね」

「昨日、寝られなくてね……」

「大森さんの件ですか？」

苦笑交じりに、氷樫は曖昧に首を振った。

「彼は今日、俺がつき添って代々木署へ出頭させることにしたけど……。根本さん、その件でちょっと頼まれてくれないかな」

朝のコーヒーを淹れに行こうとしていた根本は、上着を脱ぎながら言った氷樫の方を向き直った。

「なんでしょうか」

「もうすぐ、ここへ大森君が来るから。来たら、上條《かみじょう》さんのところへ連れていってほしいんだ」

上條は元警察官で、今は退官して興信所を経営している。

依頼された事件絡みで調査が必要になった時、信頼の置ける調査業者として氷樫も利用していた。磊落《らいらく》で放胆な性格で、抱えている調査員の中には前科を持つ者もいるが、教育管理はきっちりしている。間違っても、調査結果を元に恐喝を働いたりはしないし、違法性があると判断した調査依頼を引き受けるようなこともなかった。

「就職を頼んだんだ」

「もしかして、大森さんのですか？」

デスクチェアに座りながら、氷樫はうなずいた。

「就職先が決まってる方が、検察官の心証がいいだろう。上條さんのところなら、代々木署の刑事も文句のつけようがないはずだ」

根本は、ちょっと驚いた顔をした。

「大森さんは、承知してるんですか？」

「うん。勤まるかどうか自信はないが、生まれてくる子供のためにも頑張りたいそうだ。今日、履歴書を書いて持ってくるように言ってある」

「上條さんには、なんて言ってあるんです？」

「こちらの事情は、全部正直に話してある。元七尾組員だということも、傷害で出頭する予定だってことも。その前に駆け込みで面接だけでもして欲しいって頼んだら、呆れられたけどね。即決できるかどうか、確約はできないけど、取り敢えず連れてこいと言ってくれたよ。本当は俺が一緒に行きたいんだけど、大森君が出頭する前に坂本君に接見して話をしておかないとならないんでね」

「大森さんに、ずいぶん思い入れがおありのようですね」

「ちょっとね……。他人事とは思えないっていうか……」

つい口走ってから、氷樫は恥じらったように笑った。小さく咳払いをして、机の上に地図を広げた。

「もう一つ頼みが……。ここが、事件現場」

言いながら、赤ペンで丸をつける。

「昨日、事件が起きたのと同じ時間に行ってみたんだけど、大通りからちょっと外れてるせいか、人通りはかなり少ない。でも、四、五人で殴り合いしてれば、騒ぎに気づいた人がいないとも限らない。上條さんに、目撃者捜しを頼みたいんだ。あと、現場が映ってる可能性がある防犯カメラを、虱潰《しらみ》しに当たってほしい」

「目撃者も防犯カメラも、警察が調べているんじゃないんですか？」

顔をしかめ、氷樫は首を振った。

「一応、目撃者は捜したらしい。でも、防犯カメラは確認していないそうだ。現場に落ちていたＩＣカードから検出された指紋と、被害者の野田の証言。何より、坂本君の自供がある。確認するまでもないってことなんだろ」

「そんな……」

根本は、嘆くようにため息をついた。

「警察は何をしているんでしょう」

「坂本君が本ボシだと決めつけてしまったが故の、怠慢と言えなくもないが……。そういう警察のやり方を熟知した、坂本君の作戦勝ちとも言えるな」

「…作戦勝ちですか？」

「うん」と氷樫は苦笑した。

「なんせ、暴走族上がりで、中学時代の補導歴を含めれば、警察の世話になった回数は片手じゃ足りないって猛者だからね。本人もサッカンの手口は、誰よりよく知ってると豪語してたよ。決定的な物証と自供さえあれば、警察は面倒な裏取りを熱心にやったりしないと舐めきってるんだな」

「…はあ……、それはまた……」

なんとも言えない顔をした根本に、氷樫がクスッと笑った時、ドアチャイムのメロディが流れた。

「…おはようございます」

「大森君が来たみたいだな」

うなずいて、根本がすぐに出迎えに行ったのを見て、氷樫もゆっくり立ち上がった。

根本に促されて事務所へ入ってきた大森は、色の白い、目鼻立ちのはっきりした女性と一緒だった。

明るい茶に染めた髪をポニーテールに結って、紺地に白の花柄を散らしたワンピースを着ている。

小柄だが均整の取れたスタイルで、妊娠中ということだったが、お腹はまだ目だっていなかった。

「嫁の真弓《まゆみ》です」

真弓と紹介された女性は「慎二《しんじ》がお世話になってます」と深々と腰を折り挨拶した。

「どうぞ、おかけください」

氷樫がふたりをソファへ促すと、根本はキッチンへ入っていった。

淡いピンク色のタオルハンカチを手にした真弓が、緊張した顔で腰を下ろすのを、大森は気遣わしげな眼差しで見ている。

それだけで、ふたりの夫婦仲が伝わってくるような光景だった。

「大森君からお聞きと思いますが……」

氷樫が水を向けると、真弓は強張った表情で小さくうなずいた。

「組を抜けて、足を洗ってくれたと信じていたので、すごいショックでした。まさか、まだ組の人と連絡を取ってただなんて……」

「…ごめん……」

真弓の隣で、大森は肩を窄め項垂れている。

「しかも、ナイフまで持ち歩いてたなんて……。堅気になったはずなのに、どうしてそんな物を持ち歩かなくちゃいけなかったのか。そんな物さえ持ってなければと思うと、ほんとに悔しいです」

膝の上のタオルハンカチを、真弓はぐしゃぐしゃに握り締めながらも、しっかりした口調で言った。

傷害事件を起こしたと告白した大森を、平手打ちしたというだけのことはあると氷樫は思った。

「ごめん……」

もう一度、大森が悄気返った声で謝った。

「今度こそ約束するよ。きれいな身体になって戻って来たら、真弓と子供のために一生懸命マジメに働く。もう二度と、組のヤツらとも連絡取ったりしない」

「ほんとに……?」

疑わしげに訊き返してから、真弓は「信じていいんだよね」と念を押した。

「氷樫先生が、再就職先を紹介してくれたんだ。まだ、受かるって決まったわけじゃないけど、もしも使ってもらえることになったら、今度は絶対に何があっても辛抱する」

縋るような表情で、真弓は小さくうなずいている。

「履歴書は書いてきた？」

「はい。書いてきました」

大森が出した履歴書を、氷樫は開いて確認した。

お世辞にもきれいな字とは言い難かったが、丁寧に書いたのがよく分かる。

「大森君、高校は中退じゃなくて、ちゃんと卒業してるんだ」

「バカばっか行く三流校ですけど……」

照れくさそうに謙遜するのに、氷樫は強く首を振った。

「三流だろうがなんだろうが、きちんと卒業証書をもらってればこっちのもんだよ。面接の時、中退とは印象が全然違うからね」

「そうでしょうか……」

「もちろんだよ」

氷樫がきっぱり肯定してやると、大森はちょっとだけ嬉しそうに笑った。

そこへ、根本がお茶を淹れてきてくれた。

「コーヒーじゃない方がいいかと思いましたので、紅茶にしました」

真弓の前にティーカップを置きながら、根本が説明した。

氷樫と大森の前にも、根本は同じようにティーカップを置いた。

根本らしく手を抜かず、ちゃんと茶葉から淹れてくれたようで、ダージリンのふくよかな香りが漂う。

「どうぞ」とふたりに紅茶を勧めてから、氷樫は早速カップに口をつけた。

「ありがとうございます」

軽く会釈して、真弓もカップに手を伸ばしている。

「赤ちゃんは、いつ頃生まれる予定なんですか？」

「来年の三月です」

「そう。楽しみだね」

にっこりと母の顔になって微笑むと、真弓は愛しげに自分のお腹にそっと手を当てた。

「妊娠したって分かった時、てっきり困るって言われると思ったんです。だから、その時はひとりでも産んで育てようって決心して打ち明けたら、慎二が結婚しようってすぐに言ってくれたんです。もう嬉しいよりも、安堵の気持ちの方が大きくて、涙が止まらなくなっちゃって……」

その時のことを思い出したように、真弓は目を潤ませて言った。

「でも、慎二が組員のままじゃ、結婚はできないって思ったんです。慎二のことは大好きだけど、子供の父親がヤクザだなんて可哀想過ぎるじゃないですか。だから、結婚するなら足を洗って欲しいって頼んだんです」

「真弓さんは、今、仕事はどうしてるんですか？」

「コールセンターで、パートをしてるんです。できれば、出産ギリギリまで働きたいと思ってるんですけど。これから、つわりとか出てきちゃったら、どうなるか分からなくて……」

「真弓が大変な時に、いなくなっちゃってごめんな」

「…しょうがないよ……」

慰めるのではなく、諦めるように言って、真弓は氷樫の方を見た。

「氷樫先生、慎二をどうかよろしくお願いします。……あと、示談金はいくらくらい用意すればいいでしょうか……。一度には払えないと思いますけど、分割にしてもらえれば必ずお支払いします」

「そうですね……」

分割払いなどと言えば、野田はきっとごねるだろう、と氷樫は思った。

少しでも早く示談をまとめるためにも、支払いは一括の方がいいが——。

「こうしましょうか。取り敢えず、こちらで立て替えて支払いをしておきますので、大森君が戻って来て、マジメに働き始めたら、毎月のお給料から少しずつ、こちらへ払ってもらう。どうですか？」

「でも、そんなことは……」

困惑している真弓に、氷樫はにこっと微笑んだ。

「気にしなくていいですよ。その方が、向こうとも早く縁が切れていいと思うし。どうも、あんまり長くつき合いたいタイプの人じゃなさそうなんで……」

強いて戯けるように言って、ちょっと大げさに肩を竦めて見せると、真弓の顔がくしゃりと歪んだ。

ぽってりした紅い唇を引き結び、泣くまいと懸命に我慢しているように見える。

「先生、何から何まで、ほんとにありがとうございます」

「氷樫先生。俺、絶対に頑張ります。今度こそ、石にかじりついても足を洗って堅気になります」

「今の気持ち、けして忘れないようにしないとダメだよ」

「はい。忘れません」

氷樫は、真弓の方を見た。

「大森君のことでなくても、何か困ったことがあったら、いつでもなんでも相談にきてください。お腹の赤ちゃんのためにも、ひとりで抱え込んで体調を崩したりしないように。いいですね」

「ありがとうございます」

大森と真弓は揃って、深々と頭を下げた。

「さて、それじゃ、そろそろ出かけないとな。昨日話した会社へは、根本さんが一緒に行ってくれるから。面接では、君の今の気持ちを素直に話すように。頑張って」

「はい」

「真弓さんはどうするの？　大森君と一緒に行く？」

「いいえ、あたしはここからひとりで帰ります。今日は遅番なんで、午後から仕事ですし」

「気をつけてな」と大森が囁くと、真弓は小さくうなずいた。

「面接が終わったら、連絡をくれないか。どこかで落ち合って、それから出頭しよう」

大森の顔が、みるみる緊張に引き締まった。

そんな大森を励ますように、真弓がそっと大森の手を握った。

顔を向けた大森に、待っているからと言うように静かにうなずいて見せる。

寄り添い目を見交わすふたりの姿に、氷樫は心にさざ波が立つように揺れるのを感じていた。羨ましいとか寂しいとか、そう言った言葉では括れない何かが、胸の裡でざわめいている気がする。

思わず伏せた目の奥に、雨の中、黙って車に乗り込んでいった村雨の横顔が浮かぶ。

「…先生……」

氷樫が顔を上げると、大森は傍らにいる真弓の方を気にしながら言葉を継いだ。

「武司のことも、どうかよろしくお願いします。あいつ、悪いヤツじゃないんです」

「大丈夫。できる限りのことはするから」

安心したようにうなずいた大森を、根本が促した。

「それじゃ、行きましょうか」

三人が出て行ってしまうと、事務所の中は急にガランとしてしまった。

ソファにひとり取り残されたように座って、氷樫はすっかり冷めてしまった紅茶を飲んだ。


三日後、氷樫は示談の取りまとめの為に、野田が入院している病院を訪れた。

病室へ入ってきた氷樫を見て、野田は満面に笑みを浮かべている。

ほとんど、鴨《かも》が葱《ねぎ》を背負ってやってきたと言わんばかりの顔である。

そんな風に笑っていられるのも今のうちだと内心で冷笑しながら、氷樫は何食わぬ顔でベッドへ近づいた。相変わらず、傍らには派手な化粧をした由佳がつき添っている。

「おかげんは、いかがですか？」

持参した見舞いの花と手土産《みやげ》の菓子折を由佳に差し出しながら、氷樫は慇懃に訊いた。

「なんかさぁ、あんまり調子よくないんだよな」

無精髭を生やした顔をしかめ、野田が大げさにぼやいた。

「それはいけませんね……」

胸の裡で、嘘をつけと思いながら、氷樫はさも心配そうにしれっと言った。

担当医の話では、野田は夜な夜な、こっそり持ち込んだ酒を飲むので困っているとのことだった。

看護師が気づいて注意しても、聞く耳を持たないどころか、うるさがって怒ったりもするらしい。おかげで、看護師が怖がって巡視に行きたがらない、と憤慨していたのは看護師長である。要するに酒を飲んで凄めるほどには回復している、ということらしい。

食事も内臓疾患ではないために制限がないのをいいことに、気に入らない病院食ではなく、由佳に買ってこさせたファストフードばかり食べているとのことだった。

これ以上指示に従えないようなら、強制退院もあり得ると、医師は苦り切った顔で言っていた。それなら、さっさと追い出してくれた方が、入院費が嵩《かさ》まなくて助かる、とは、さすがに口に出しては言えないが——。

「今日は示談の話し合いに伺ったのですが、体調が優れないようでしたら、後日にしましょうか？」

「いや、大丈夫だよ。金の話なら、オッケーだよ」

途端にむっくり起き上がった野田の節操のない現金さに、内心啞然としつつ、氷樫は笑みを絶やさず穏やかにうなずいた。

「まず、野田さんの休業補償の件ですが……」

携えてきたアタッシェケースから、書類を取り出しながら先制パンチを繰り出す。

「ご提出いただいた給与明細を元に調査させていただきましたところ、残念ながら就業実態がないとのことで……」

「…えっ、何言ってんだよ！」

途端に尖った声を出した野田に、氷樫は上條調査事務所と表紙に印刷された報告書を示した。

「こちらの報告書を読みまして、わたしも店長さんにお目にかかり、直接お話を伺ってきました。野田さんに頼まれて、架空の明細を作成したとお認めになったんですが……」

「あの野郎……、ぶっ殺してやる」

　野田は舌打ちして悪態をついた。

　ぶっ殺すとは穏やかではないが、氷樫は聞こえなかった振りをした。

「就業実態はないということですので、休業補償の代わりにお見舞い金ということでどうでしょう」

「見舞金……？　いくらくれるんだよ。俺は、確かにあの坂本ってヤツに刺されたんだからさ！」

「それなんですが……」と、すかさず二の矢を放つ。

「実は、野田さんを刺したのは、坂本さんではなかったことが判明しました」

「えっ？」

「あの場に居合わせた、もうひとりの男性が、野田さんを刺してしまったと自首したんです」

「そ、そうなのか……？　でもよ！　俺が刺されたことに変わりはないだろ！」

「もちろんです」と、氷樫はうなずいた。

「ただ、出頭した男性も、先にナイフをちらつかせたのは、野田さんだと供述しているんです」

「…………」

　どうも旗色が悪くなりつつあると、さすがに気づいたのだろう。

　野田は落ち着かなげに、視線をうろつかせている。

　そんな野田に、氷樫はトドメとばかりに、数枚の連続写真を提示した。

　途端に、野田の顔色が変わっていた。

　氷樫が見せたのは、上條調査事務所が現場付近の防犯カメラの映像を虱潰しに当たって見つけてくれた、決定的瞬間の写真だった。

逃げていく野田の友人に向かって、何か叫んでいるような坂本。

そして、その坂本の背後でナイフを構え、今まさに刺そうとしている野田の姿。

そこへ駆けつけてきた大森が、野田を刺してしまった決定的瞬間――。

「これを見ると、あの場で何が起きたのか一目瞭然なわけです」

無言のまま、野田は荒々しい息をついている。

忌々しげに睨めつけてくる視線をものともせず、氷樫は淡々と話を続けた。

「もちろん、野田さんが被害者であることに変わりはありません。ただ、最初に伺っていた状況と、実際はかなり違っていたことが判明しました。場合によっては、正当防衛が成立する可能性もあると考えています」

多少のハッタリを交えつつ氷樫が言うと、野田はぎょっとしたような顔をした。

「まさか、これ、サツに見せてないだろうな」

「当然、提出しました。依頼人の利益になる証拠を、見過ごすわけにはいきませんから」

「てめぇ……！」

いきり立つ野田をいなすように、氷樫はすかさず用意してきた示談書を取りだした。

「入院治療費の他に、お見舞い金と慰謝料で十五万円ではどうでしょうか」

「…えっ、十五万……？」

野田は、いかにも不服そうな顔をした。

多分、もっと示談金の額を吊り上げることができると、勝手に決め込んでいたのだろう。

「はい」と、氷樫はすました顔でうなずいた。

「冗談だろ。た、確かにナイフ持ち出したのは俺が先だったかもしれないけど、俺は刺されてんだぞ。それがなんで、たった十五万ぽっちなんだよ！」

「ご納得いただけませんか？」

「納得なんか、いくわけねえだろうがよっ！」

廊下にまで響き渡りそうな声で、野田が吼えた。

「てめぇ、舐めてんじゃねえぞ！」

「困りましたね」と、動じる気配もなく氷樫は言った。

「示談が成立しないと、裁判になります。そうすると、野田さんにも証人として出廷していただく必要が出てきますが……。それでも、よろしいですか？」

暗に、叩けば埃の出る身体だろうと言ってやると、野田は唸り交じりに視線をうろつかせている。

「…えっ……。さ、裁判だと……」

裁判は困ると顔に大書してあるにも拘わらず、野田は意外に諦めが悪かった。

「だからって、十五万ってことはないだろう！　そんなじゃサインはできねぇな！」

「それでは、慰謝料にあと五万円上乗せするということではどうでしょう。合計で、二十万になりますが……」

氷樫が提示した二十万円という額は、傷害事件の示談金の相場としてはかなり低い方だった。

元々、野田の性格から考えて十五万で示談がまとまるとは、氷樫もさすがに考えていなかった。

だから、実のところこちらの二十万の金額が本命である。

大森は身から出た錆とはいえ、真弓や生まれてくる赤ん坊のことを考えれば、なるべく支払い金額を少なく抑えてやりたい。

最低相場の二十万でまとまるなら、まあ御の字というところだろう。

「…二十万……」と、野田は不満げに考えている。

「その二十万の他に、ここの個室代とか治療費も出してくれるってことだよな……」

「そうです」

「もうちょっと、なんとかなんねぇのかよ」

「いいじゃん。それで、サインしなよ」

それまで傍らで黙って聞いていた由佳が、突然、割り込むように口を開いた。

「働いてもいないくせに、すぐばれるような嘘ついて、休業補償まで貰おうなんて図々しいんだよ。その上、自分の懐が痛まないからって、バカみたいにいい気になって、個室になんか入っちゃってさ。その費用も出してくれるって言ってんのに、将樹はまだ不足だっていうわけ？　将樹はなんにも悪くないってわけじゃないじゃんよ」

野田は苛立たしげに唸ったが、唯一の味方であるはずの由佳にまで責められ、観念したようだった。

「仕方ねぇなあ、ここらで手じまいしてやるよ……」

不承不承《ふしょうぶしょう》うなずいた。

「ありがとうございます」

にっこりと笑い、氷樫は野田の気が変わらないうちにと、予め作成してきた示談書を出した。

もちろん、加害者の大森を赦《ゆる》すという意味の『宥恕《ゆうじょ》条項』を入れた、宥恕付き示談書である。

これがあるとないとでは、大森にとっては大違いなのだが、あとになって、野田にそんな話は聞いていないなどとイチャモンをつけられては困る。

間違いのないように、氷樫は内容を丁寧に説明しようとした。

「うっせえな。もう、どうでもいいよ。どうしたって、二十万しかくれないんだろ。赦してやるよ！」

氷樫からペンをひったくるようにして、野田がミミズがのたくっているような下手くそな字で、書き殴るように署名するのを、氷樫は内心呆れた思いで見ていた。

「それから、これは被害届取り下げ書になります。こちらにも、署名捺印していただけますか？」

「金はいつ払ってくれんの？」

「今日、持参してきました」

氷樫が封筒に入った現金を取りだすと、その時だけ野田の目が嬉しげに輝いた。

「なんだよ、気が利くじゃねぇか。持ってんなら早く出せよ」

早速手を伸ばしてきた野田の前に領収書を置き、すかさずサインをさせる。

するとと、ペンを投げ出し現金を確かめようとした野田から、由佳が素早く封筒を奪い取った。

「あっ、由佳。てめぇ、何すんだよ」

「入院補償金とか、アタシが立て替えてんの忘れたの？　こっから返してもらうからね！」

鼻息も荒く言うなり、由佳はちゃっかり紙幣を数え始めている。

ふて腐れたように、野田はふんと鼻を鳴らした。

「あーあ……、ったくよお、巧《うま》くいかねえもんだな」

野田が臆面もなく盛大にぼやくのを見て、氷樫はこっそりと溜飲を下げた。

病院を出た氷樫は、その足で東京地検へ回り、担当検事に示談書と被害届取り下げ書を提出した。

上條からは、面接の結果、大森が釈放されたら見習いとして雇ってもいいと連絡をもらっていた。

担当検事には、そのこともよくよく強調して報告しておいたから、大森の処分はそれほど重くならずにすむのではないかと期待していた。

起訴猶予は無理でも、悪くしても恐らく罰金刑ですむのではないかと思う。

あとは、坂本の覚せい剤問題か――。

思った途端、胃の辺りがずしりと重くなっていた。

坂本の件を解決するには、どうしても村雨の協力が必要になる。

でも――。

激昂し、氷樫の胸ぐらを摑んだ時の、あの刺すようだった村雨の目を思い出すと、胸が苦しくなる。

殴られるかもしれないと思ったが、不思議に怖さは感じなかった。

それよりも、捉え所のない哀しみと遣り切れなさに心を塞がれていた。

しばらく、冷却期間を置いた方がいいのかもしれない――。

地下鉄の駅へ向かって歩きながら、氷樫がため息をついた時、懐の携帯電話がメールの着信を知らせた。立ち止まり、取りだして確認すると、メールは村雨からだった。

『今夜、六時にヨコハマグランドインターコンチネンタルホテルへ来い』

味も素っ気もない高飛車なメールを、氷樫は眉を顰めて読んだ。

こちらの都合も訊かずに一方的に呼びつけるメールには、ついでのように部屋番号が記されていた。

それにしても、坂本の話だとしたら、何もわざわざ横浜まで行かなくてもよさそうだが――。

何より、村雨からメールをもらうのは、これが初めてだった。いつものように手っとり早く電話をかけてくるのではなく、攫《さら》うように迎えに来るのでもなく、メールという手段を選んだ村雨の意図はなんなのか――。

しかも、呼び出された先はホテルである。

目眩がしそうなアスファルトの照り返しの中、氷樫は携帯電話の液晶画面をじっと見つめていた。

ヨコハマグランドインターコンチネンタルホテルは、横浜みなとみらい地区で海に一番近い場所に建つホテルである。

海を滑る船の帆《ほ》のような形をしたホテルには、氷樫もレセプションやシンポジウム出席などで、何度か足を運んだことはあった。

村雨からのメールに返信しないまま、その日の夕方、氷樫は新橋から東海道線《とうかいどう》に乗り横浜へ向かった。サラリーマンやＯＬで、冷房の効いた車内は混んでいた。

それでも、運良くボックス席の一隅が空いているのを見つけ、氷樫はやれやれと腰を下ろした。

出がけに依頼人からの電話が入ってしまったせいで、予定より一電車遅れてしまった。

多分、約束より十分ほど遅くなってしまうだろうが、それほど気にはならなかった。

むしろ、できることなら村雨と会う時間を、少しでも遅らせたい意識の方が強い。

村雨には会いたいと思う。でも、どうにも気が重い。だからといって、すっぽかしてしまったら、今度こそ村雨と自分を繋ぐ糸が切れてしまいそうな気がする。

それは嫌だと思う。我《わ》が儘《まま》だと、自分も呆れてしまうが、要するに覚悟が決まっていないのだ。

摑まれた胸ぐらの苦しさと、埃臭い雨の匂い――。

車窓を流れる西日を浴びた街並みを眺めながら、氷樫は重苦しいため息をついていた。

それでも、電車が横浜駅に滑り込む頃には、気持ちも切り替わっていた。

駄々っ子のように、四の五の言っても始まらない。どちらにしろ、坂本の弁護人である以上、村雨と会わずにすませることはできないのだ。

夏休みで人出も多いのだろう。夕方ということも手伝い、横浜駅は人波が溢れ混雑していた。

雑踏を縫うように歩き、長いエスカレーターに乗り、氷樫は地下鉄に乗り換えた。

ドアの横のスペースに立ち、反対側のドア横で見つめ合っている浴衣姿のカップルを見るともなく眺める。ふたりとも、多分、まだ十代だろう。

デートの帰りなのか、それともこれからどこかへ夜遊びに出かけて行くところなのか――。

額がくっつくほど顔を近づけ、何事か囁き合ってはクスクスと笑っている。楽しそうで幸せそうで、初々しい光に満ちたとても微笑ましい光景だった。

男と女ではないけれど、村雨と自分にもあんな甘酸っぱい日があったと氷樫は思った。

夕暮れのバス停のベンチに並んで座り、一つのイヤホンを分け合って音楽を聴いた思い出が鮮やかに蘇ってくる。今すぐ、あの時に戻れたらどんなにいいだろう。

そっと重なってきた村雨の手の温もりを思い出すと、今でも指の先がじんと痺れる気がして、切なさに胸が塞がれてしまう。

氷樫は、思わずカップルから目を逸らした。

ふと、村雨とふたりで地下鉄に乗ってどこかへ出かけるなんて、もう絶対に無理だなと思っていた。

そもそも、常に運転手付きの車に乗っている村雨が、地下鉄で移動する図など想像できない。

伏し目がちに、氷樫が低く含み笑った時、窓ガラスを鳴らして、反対側の線路を電車が走っていった。十八年前、氷樫と村雨は図らずも、永遠に交わることのない別の電車に乗り込んでしまった。

擦れ違い、走り去っていったあの電車のように、彼我《ひが》の距離はこれから先も開き続けることはあっても、近づくことはないのかもしれない。

いいのか、それで……、と氷樫は鏡になった扉のガラスに映った自身に問いかけた。

今乗っている電車を飛び降り、反対側の電車に乗り込めば、村雨を追いかけていくことができる。

そうすれば、やっと巡り合えた村雨を失わずにすむかもしれない。

でも、それはやはりできないことだった。自分は正義の味方だなどと自惚《うぬぼ》れたことはなかったし、検察や警察を無条件に信頼しているわけでもない。

それでも、反社会的団体であるヤクザ組織に身を投じ、なおかつその屋台骨を支えるひとりにまで上り詰めてしまった村雨と、同じ電車に乗ることは、今の氷樫には考えられないことだった。

「俺は薄情な男なのかもしれないな」

地下鉄の騒音に隠し、氷樫はひっそりと嘆いた。

みなとみらい駅で地下鉄を降り地上へ出た氷樫は、パシフィコ横浜へ向かって歩いて行った。その先に、海に帆かけて進むように、独特のフォルムをしたホテルが見えている。

ホテルのロビーへ入ると、氷樫は真っ直ぐにエレベーターホールへ向かった。

目指すのは、二十九階のスイートルームである。

エレベーターに一緒に乗り込んだ他の客は、途中階で次々に降りていき、二十九階まで行ったのは氷樫ひとりだけだった。

つい先ほど通ってきた、横浜駅の喧噪が嘘のような静けさの中を、氷樫はゆっくり歩いていった。

ドアチャイムを鳴らすと、待つ間もなくドアが開いた。

出迎えてくれた村雨は、スーツの上着を脱いでネクタイを緩め、寛いだ様子に見える。

四日前の気まずさから少々身構えていた氷樫は、ちょっと肩すかしを食った気分だった。

「ごめん、遅くなった」

黙って首を振った村雨に促され、室内へ足を踏み入れる。

背後でドアが閉まったと思った瞬間、氷樫は村雨に引き寄せられ抱き竦められていた。

抗う暇もなく壁に押しつけられ、唇を重ねられる。

「…んっ……」

手にしていたアタッシェケースを床に落とすと、氷樫は必死に村雨を引き剝がそうとした。

だが、どんなにもがいても、分厚い肩も逞しい胸もびくともしない。

そればかりか厚みのある舌が、煙草の苦味とともに獰猛な獣のように氷樫の口腔へ躍り込んできた。

苦しいほどに抱き締められ、隙間なく唇を繫がれ、思うさま口の中を蹂躙《じゅうりん》される。

「っ……んっ……」

氷樫が呼吸を求め鼻で呻くと、ようやく唇が離れた。

でも、村雨の屈強な腕に抑え込まれたままである。

「この前、お前は俺のことを、たったひとりの友達だと言ってくれたな……」

氷樫の耳朶に唇をつけるようにして、村雨が低く言った。

「……でも俺は、お前のことを友達だと思ったことは一度もない……」

突然、頬を平手打ちされたような衝撃に、氷樫は声もなく目を見開いた。

氷樫を壁に押しつけたままゆっくり顔を上げると、村雨は氷樫の双眸を見つめ、もう一度念を押すように繰り返した。

「お前は、俺の友達なんかじゃない」

「……そ…んな……」

身体の力が抜けていく気がして、氷樫は惘然と呟いた。

「校舎の屋上で初めて会った時から、俺はお前に惚れてた。まるで雷に撃たれたみたいに夢中になった。お前を手に入れるためなら、どんなことでもすると思った。そんな気持ちになったのは、後にも先にもあの時だけだ」

驚きに声も出ない氷樫を見据え、村雨は淡々と告白した。

「十八年経った今でも、俺の気持ちはこれっぽっちも変わってない。……亮彦のためなら、俺はなんだってしてやるよ」

「だから……」と、村雨は焦がれるように続けた。

「俺のものになれよ、亮彦……。どうしても、お前が欲しいんだ」

「村雨……」

思いも寄らない告白に混乱して、氷樫は身じろぐようにもがいた。

「そんなに言うなら、どうして俺が書いた手紙に返事をくれなかったんだ。十八年前、村雨が俺を切ったんじゃないか」

「それは違う」

「どう違うんだ」

「亮彦から手紙が来た時は、嬉しかった。何度も何度も読み返して、すぐに返事を書いた」

「…えっ……」

「でも、次に来た手紙に、どうして返事をくれないのかと書いてあるのを見て、ああそうか、と思った。お前の親は、大事なひとり息子から、俺みたいな不良を引き離したいんだと分かった。だから、返事を書くのはやめた。亮彦が板挟みになって苦しんだら、可哀想だと思ったんだ」

村雨からの返事を、両親が先に見つけ、氷樫の目に触れないよう処分していたのだと、間抜けなことに十八年も経った今になってようやく分かった。

少年だった村雨が感じただろう、砂のような哀しみを思うと、今さらながら胸が掻き毟られるように切なくて堪らない。

村雨の背中へ腕を回すと、氷樫は「…ごめん」と囁くように詫びた。

「もう会えないと諦めていた亮彦に、十八年も経ってから、思いがけず再会できた。まさに、奇跡のような僥倖《ぎょうこう》だ。こんな二度とはないだろうチャンスを、俺は絶対に無駄にしたくない」

宣言するように言うと、村雨はもう一度唇を重ねてきた。

思いがけない告白を聞いて動揺したせいなのか、口蓋をなぞる舌先の熱さに、腰骨の辺りがじんと痺れてくるような気がする。

「あっ……ふ…ぅんっ……」

下唇を甘噛みされると、自分でも信じられないような甘ったるい鼻声が洩れていた。

途端に、全身を羞恥が駆け巡り、カーッと体温が上昇していく。

浅く、深く、角度を様々に変えながら、村雨は氷樫の唇を存分に味わっていた。

そうしながら、足で氷樫の両脚を割り開き、太股で煽るように氷樫を愛撫する。

布越しのもどかしいような刺激から、氷樫は身を捩って逃れようとしたが。まるでピンで留められた蝶《ちょう》のように壁に押しつけられ動けなかった。

ほどもなく、疼《うず》くような快感に氷樫は自身が形を変え始めていることに気づいた。

顔から火が出るような恥ずかしさに居たたまれず、氷樫は弱々しくかぶりを振った。

「…嫌……だ……」

ようやく唇が離れた隙に、喘ぐように訴えたが、聞き入れてもらえる気配はない。

それどころか、村雨は氷樫の抵抗を苦もなく封じたまま、器用に氷樫のベルトを外し前立てを開くと、すかさず手を差し込んできた。

ひんやりとした手に熱を持ち始めた自身を握り込まれ、氷樫は背筋を反らした。

「ここは、ちっとも嫌がってないぜ」

蛇《へび》のように氷樫に絡みつく村雨の指が、容赦なく氷樫を追い上げようとしている。

まさか、ここで立ったまま達かせるつもりか——。

懸命に首を振って拒絶しようと思うのだが、村雨に与えられる愉悦に腰が砕けてしまい、情けないことに言葉にならない。

屈辱が快感をさらに煽り立てるという、許し難く信じられない相乗効果に、氷樫はパニックに陥りそうなほど混乱していた。

もう持たない、ダメだ――。

なりふり構わず、村雨の背中を叩いて必死に訴える。

ガクリと膝が折れそうになったところを、村雨に支えられ、氷樫はその逞しい肩に額を擦りつけるようにして辛うじて堪えた。

立っているのが精いっぱいの氷樫のスラックスを、村雨は下着ごと膝下までずらすと、足を使って踏むように引き下ろしてしまった。

剝き出しになった腰回りが冷気に晒《さら》され、ほんの少し氷樫に理性が戻ってきた。

「嫌だ……。頼む……、やめてくれ……」

泣くように訴える氷樫の耳元で「嫌じゃないだろ」と村雨が囁き返した。

ネクタイを引き抜かれ、力任せにシャツをはだけられると、ボタンが弾け飛んだ音がした。

知らず、氷樫の目から涙がこぼれ落ちていた。

「…どうして……こんな……」

「お前は俺のものだな？」

答えないでいると、村雨は氷樫の中へ指を差し入れてきた。

「ひっ……」

小さく悲鳴を上げた氷樫の中で、村雨の指が押し広げ解すように蠢《うごめ》いている。

すると、力を失いかけていた氷樫に、熱が戻り始めていた。

「嫌だ、頼むから……」

プライドをかなぐり捨て哀願するように言っても、村雨は聞く耳を持たないどころか、さらに氷樫の粘膜をかき回した。

二本の指が、まるで別々の意思を持った生き物のように氷樫の中で蠢動《しゅんどう》している。

「あっ……あぁっ……あっ……」

嫌々をするように首を振りながら、氷樫は喘ぐように熱い息をついた。

村雨の爪の先から微弱な電流が流れ出しているかのようで、ビクビクと身体がふるえてしまうのがどうしても止められない。

「ああっ……、んんぁっ……あっ…あぁっ…ぅ……」

「お前は俺のものだ。それをきっちり身体に刻み込んでやる」

宣言するように言うなり、村雨は容赦なく一気に突き貫いてきた。

「っくぅ、あーっ、あっ、あっ、あぁぁーっ……」

堪えきれず、氷樫は喚くような悲鳴をあげた。壁に爪を立てて堪えようとしたが、全身が総毛立ち、ガクガクと膝が笑ってしまっている。

内股が引き攣るように痙攣し、粘膜がめくれ上がるような強烈な異物感に息が詰まった。

浅く早い呼吸を繰り返し、堪えようもなくボロボロと大粒の涙が流れる。

グッと押しつけるように深々と根元まで押し込まれた村雨のものが、今度はずるりと引きだされる。

一緒に内臓まで引きずりだされてしまうような怖れを感じ、氷樫は弱々しく首を振った。

「動く…な……。動かないで……くれ……」

哀訴は今度もきれいに無視された。

前へ回された手が、項垂れてしまった氷樫を巧みに愛撫している。そうしながら、氷樫の内奥を擦り上げるように突き上げてくる。苦しくて堪らないのに、身体の内と外から湧き上がる快感が、氷樫の昂りに無理矢理火をつけようとしていた。

指先で鈴口をこじられ嬌声《きょうせい》をあげると、身体がずり上がるほど激しく突き貫かれる。

次第に、痛いのか気持ちがいいのか分からなくなっていた。

下半身だけ剥きだしにされ、立ったまま犯されるというあり得ない状況は、肌がひりつくような被虐的な快感となって氷樫を包み込んでいた。

こんなレイプまがいの一方的なセックスで、意地でも感じたくないと思えば思うほど、身体は氷樫の意思を裏切り燃え上がっていく。

腰を使って突き上げられては喘ぎ、粘膜を激しく擦られては声をあげ身悶《みもだ》える。もう自分では、どうにもコントロールできない。

「……っ…はぁぁぁ……んっんんっ……あっ、あっ、あぁっ、あーっ」

引き攣るような声をあげ、限界に達した氷樫が自身を解き放とうとした瞬間、残酷な手が氷樫の根元をきつく締め上げた。

「ひっ、ひーぃっ……」

ブルブルとふるえる氷樫をしっかり抱き支え、村雨はなおも腰を使い、氷樫の中で弾けた。

熱く放たれたもので、身体の中が満たされていく異様な感覚に鳥肌が立つ——。

自分だけ思いを遂げた村雨が、ぬるりと氷樫の中から引き抜かれた。

その感触にさえ感じてしまって、氷樫は鼻に抜ける甘い声を洩らした。

「……ぁ…んっ……」

村雨が、スッと身体を離した。

途端、支えを失った人形のように、氷樫はズルズルと床に崩れ落ちていた。

ベイブリッジを望むベッドルームに、氷樫の啜り泣くような悩ましい声が響いていた。

部屋の入り口で、立ったまま犯されたあと、氷樫はベッドルームへ連れ込まれ、延々と村雨に苛まれ続けていた。

もう、何度頂点近くまで追い上げられたか分からなかった。

それなのに、まだ一度も達かせてもらえずにいる。

あと少し、あと少しで達ける。そう期待を込めて息を詰めると、無情にも突き落とされてしまう。

背中を弓のように撓《たわ》ませ、押し寄せる快楽の大波に溺れてしまいそうになりながら、氷樫は翻弄されるようにただひたすら喘ぎ悶え続けていた。

辛うじて頭の隅に残った理性の欠片に爪を立てるようにして、解放される瞬間を焦がれ待つ。

今度こそ――。

そう思って息を詰めた瞬間、氷樫の脳裏で何かが白く溶け落ちるような閃光が走った。電流に撃たれたように跳ね上がった氷樫の身体が、引きつけでも起こしたかのように小刻みに痙攣している。

焼けつくような強烈な射精感に、呼吸さえままならない。

ようやく突風のような凄まじい快感の嵐が治まり、棒のように突っ張らせていた四肢から、ほんの少し力が抜けた時――。

耳元で村雨が、満足げに囁いた。

「いい子だ……」

慰撫するような囁きの息が耳朶を掠めただけで、全身にビリビリと電気が走り、氷樫は甘く呻いた。

ようやく達ったはずなのに、どうしたことか身体の熱は一向に引く気配がない。それどころか、身の裡の奥深いところが、未だにうずうずと疼き燻《くすぶ》り続けている。

はあ、はあと肩で息をしながら、氷樫は村雨の腕に縋りついた。

「…何……？　何を…し…た……んだ……」

この部屋に入ってから、何も口にした覚えはないが、何か薬でも盛られたのではないか。この身体の尋常でない異変は、そうとしか思えない。

「…むら…さ……め…っ……！」

まさか、覚せい剤を使ったのか――？

氷樫の髪を優しく撫でながら、村雨はうっすらと苦笑した。

「安心しな。クスリなんか、使っちゃいねえよ……」

「…で…も……っ……」

「ドライオーガズムだよ」

言いながら、村雨は氷樫の背筋を、指先でつーっと撫で下ろした。

途端、氷樫は喉奥から嬌声をほとばしらせた。

まるで、全身が性感帯になったようだった。どこを触れられても、制御不能に陥った身体の奥から、何か得体の知れないものが溢れだしてくる。

身体の芯を、ジリジリと炙《いぶ》られているようで居ても立っても居られない。

「亮彦は、射精なしで達ったんだ。亮彦の身体は人一倍感じやすくて、その上素直で覚えがいい」

囁きながら、村雨は氷樫の力が入らない両脚の間に手を差し入れ、掌で睾丸を包み込むようにしながら指先で会陰をマッサージするようにゆっくりと何度も刺激した。

するとなんの前触れもなく、身体の奥に残されていた埋み火《うずび》がめらめらと炎を上げ燃え上がった。

「ひっ……、あーっ、……あっ、あぁっ、あっ……あーっ……」

突然襲った絶頂感に全身を硬直させ、氷樫は痙攣するように十秒以上もガクガクとふるえ続けた。

それなのに、たらたらと蜜《みつ》を滴《したた》らせている氷樫は、今度も弾けていなかった。

「ここに、亮彦の快楽のスイッチを作った」

声もなく目を見開いた氷樫に、村雨は指先で会陰を刺激しながらうっすらと微笑んだ。

村雨に触れられる度に「ひぃっ……」と短い悲鳴をあげ、氷樫は四肢を突っ張らせた。

「これでもう、亮彦の身体は二度と俺を忘れない」

なぜか、寂しげにも聞こえる声でそう言うと、村雨は素裸のままベッドを降りていった。

取り残され、氷樫はひとり悶えるように熱い息をついた。

身体が熱くて熱くて堪らない――。

それなのに、自分の身体だというのに、どうやってこの熱を解放すればいいのか分からない。

自分で自分の肩を抱き締め、氷樫が切ない吐息を繰り返していると、ようやく村雨が戻ってきた。

バスローブを羽織った村雨は、氷樫を抱き起こし、ミネラルウォーターを飲ませてくれた。

喉を鳴らして冷たい水を飲むと、霞《かす》んでいた理性が少しだけ戻ってきた。

それでも、腰回りに残る甘苦しい痺れは一掃されずに残っていて、うっかりすると勝手に腰が揺れてしまう。自分がひどく淫乱になったようで、身体中に恥辱が詰め込まれたような気がした。

恨めしげに村雨を見ると、氷樫が残したミネラルウォーターを美味しそうに飲んでいる。

「そんな色っぽい目で見るんじゃない。もう一度、泣かせたくなるだろうが……」

「…誰のせい……だ…よ……」

「俺のせいだな」

悪びれた風もなくしれっと言うのを、思い切り睨んでやろうと思っても、潤んだ目に力が入らない。

「風呂の支度をしてきた。立てるか？」

虚勢を張る気力もなく、氷樫は力なく首を振った。

激流で溺れたあとのように、手にも足にもまるで力が入らない。

「そうだろうな」とうなずいて、村雨は氷樫を軽々と横抱きにすると寝室を出た。

バスルームからは、みなとみらいの海とベイブリッジが見渡せた。

暗くなった海に、イルミネーションのように灯りが揺れている。

湯を張ったバスタブの中に、壊れ物を扱うように氷樫を下ろすと、村雨は自分もバスローブを脱ぎ捨てて入ってきた。村雨の胸にもたれかかるようにして、氷樫は湯の中でそっと手足を伸ばした。

精根尽き果てた感じで、目を閉じるとそのまま眠ってしまいそうなほど疲れていた。

ついウトウトしていると、不意に窓の外からドーンという音が響いてきた。

「…亮彦……。目を開けて見ろ」

耳元であやすように囁かれ、氷樫はしぶしぶ粘りつく瞼を上げた。

「ほら……」

促され、窓の方へ顔を向けると、暮れかけた空に大輪の花火が開いていた。

再びドーンと音がして、幾重にも重なった光の輪が広がっていく。

「どうしても、もう一度亮彦と花火が見たくなってな……」

氷樫を胸に抱いたまま、村雨が懐かしそうに言った。

「あの時は、途中で見られなかったからな」

「…そうだな……」

夜空を埋め尽くすかのように次々に打ち上げられる花火は、氷樫の中で、十八年前にふたりで見た花火の記憶と重なった。

「きれいだ……」

「ああ、きれいだな……」

村雨の手が、いつの間にか氷樫の乳首を悪戯していた。

硬くしこった乳首を、指先で摘《つ》ままれ転がされると、それだけで呼吸が乱れてしまう。

「いい加減にしろよ」

氷樫が抗議しても、村雨の手は止まらない。

ドーンと遠い音が響き、色鮮やかな閃光がみなとみらいの夜景を彩る。

今、目の前で繰り広げられている華やかな光景は、もしかしたら十八年前に村雨と森戸山公園から見ていた景色ではないのか——。

村雨の愛撫に身をふるわせながら、氷樫はふと、そんな錯覚に囚われていた。


寝室いっぱいに差し込む朝の光で、氷樫は深い眠りの底から浮かび上がった。

昨夜は、バスルームで村雨の胸に抱かれたまま、夜空を彩る花火を見物した。

もっとも、村雨は常に氷樫の身体をまさぐっていて、花火大会が行われている一時間あまりの間にも、何度、絶頂へ追い上げられたか分からない。

花火が終わったあとは、村雨が手配してくれたディナーをルームサービスで食べた。

着替える気力もなく素裸にバスローブを羽織っただけの、しどけない恰好で食事をし、シャンパンを空けワインを飲んだ。

それからまた、ベッドへ連れ込まれ、村雨に抱かれた。

村雨が氷樫に作った快楽のスイッチとやらを、文字通り息も絶え絶えになるまで、これでもかというほどなぶられた。

際限のない快感地獄から何時頃解放されたのか、まるで記憶がなかった。

全裸のまま眠り込んでいた氷樫は、昨夜一晩で一生分セックスをしたような気がすると思った。

節々に残る気怠《けだる》さにため息をつきながら寝返りを打つと、肩肘をついた村雨がじっと見つめていた。

「起きてたのか……」

朝っぱらから、不機嫌極まりない声で言ってやる。

「亮彦の寝顔を見ていたら、眠ってしまうのが惜しくなって寝られなかったんだ」

「……恥ずかしいことを言うな！」

ぷいっと背けようとした顎をとらえられ、唇を貪られる。

絡みついてくる舌の甘さに、腰の奥がじんわりと痺れ頭の芯がぼーっとする。

思わず背筋をそらすと、口づけたまま村雨が含み笑った。

「いい子だ……」

息を吹き込むように囁いた村雨の手が、氷樫をとらえ、睾丸の奥の会陰を彷徨《さまよ》う。

「っ……んーっ、んんっ……」

唇をふさがれたまま、懸命に拒絶の意志を示そうとしたが、結局、氷樫は手もなく頂点へと放り上げられ、つき落とされた。

「…朝っぱらか…ら……、なん…て……ことを……」

一言言うにも息が切れる。

「スイッチのメンテナンスをしただけさ」

「…バ……カ野郎……。俺は、お前の玩具《おもちゃ》じゃない！」

「射精してないんだから、そんなに体力は消耗していないはずだ。要領を覚えれば、すぐに自分でもできるようになる」

「バ、バカなことを言うな！」

カーッと耳まで赤くなり、氷樫は怒鳴った。

「そんなはしたないこと、誰がっ……」

屈辱にわななく氷樫の唇を、村雨が盗むように啄んだ。

「だって、俺がやってやれない時は、自分でやるしかないだろう？」

「人をサカリのついた猫みたいに言うなっ！」

「そんなにカリカリするなよ」

氷樫の怒りをものともせず、村雨は笑って寝室から出ていってしまった。

「…なんなんだ、いったい……」

憤懣《ふんまん》やるかたない思いで呟いてから、氷樫はハッとした。

「俺の服……」

昨日、部屋へ入ってすぐに脱がされたままだと思い出した。

「まさか、あのまま……？」

そう言えば、シャツのボタンも弾け飛んでしまった気がする。

慌ててベッドを出ると、氷樫はバスローブを羽織りながらよろめくように部屋の入り口へ急いだ。

でもそこに、脱ぎ捨てられたはずの服はなかった。

服だけではない。靴も、持ってきたはずのアタッシェケースも何もない。

困惑してきょろきょろと見回し、もしかしたらと寝室へとって返す。

クローゼットを開けてみると、見るからに仕立てのいい真新しいスーツが一着、ハンガーにかかっていた。上質のサマーウールで仕立てられたサックスブルーのスーツは、いつも氷樫が好んで着ているブリティッシュトラッドである。

傍らの棚には下着と、新品のシャツやネクタイも用意されてあり、小さな小箱が添えられていた。

小箱に入っていたのは、タイピンとカフリンクスのセットだった。

一緒に置いてある靴とアタッシェケースは、確かに氷樫の物なのだが——。

「…まさか、これを着ろってことか……」

氷樫が戸惑っていると、いつの間にか身繕いをすませた村雨が、スーツ姿で戻って来た。

「これはどういうことだ。俺の服はどこだ」

「汚れてしわになってたから、クリーニングに出した。それは、俺からの贈り物だ」

「こんなことをしてもらう理由はない」

「理由か……。そうだな……。誕生日でもクリスマスでも、なんでも好きなように思っておけよ。なんだったら、お年玉でもいいぞ」

「からかってるのか？」

「別に……。どうしても嫌だというなら、無理に着なくたっていい。その恰好で帰れるもんならな」

憮然として黙り込んだ氷樫を、村雨は怖いほど真剣な目をして見つめてきた。

「俺たちが会うのは、これが最後だ」

「えっ……」

驚きのあまり瞠目し、氷樫は村雨の真意を探るように見つめた。

今になって、なぜ、そんなことを急に言いだすのか——。

それなら、昨夜のあの濃厚過ぎるほどのセックスはなんだったのだ。

「どういうことだよ。一度、想いを遂げたら、もう用はないとでも言うつもりか？」

「そうじゃない」

村雨は苦しげに首を振った。

「だったら、どうして最後だなんて言うんだ」

「亮彦が弁護士だと知った時、十八年前の俺の判断は間違ってなかったと思って嬉しかった。でも、お前の言う通り、俺たちの距離はあまりに開き過ぎたようだ」

「…村雨……、俺は……」

「念願の花火も一緒に見たしな。思い残すことは、もうない」

さばさばした表情で言って、村雨は愛しげに目を細め氷樫を見た。

「昨日は無理をさせて悪かったな。亮彦は初めてだったんだろう？　でも、どうしても一晩で、亮彦の中に俺を刻み込んでおきたかったんだ。勘弁しろ」

「…そんな……」

そのまま部屋を出ていこうとする村雨を、氷樫は思わず呼び止めた。

「待てよ！　坂本の件はどうするんだ！」

我ながら、もっと他に言うことがあるだろうと思ったが、今はそれが一番、村雨を引き留めるのに効果がありそうな気がした。

「あの件なら、心配ない。落とし前はつけた」

「オトシマエ……？　どういう意味だ。分かるように言えよ！」

「澤井組と内通しているマル暴のデカから、組にガサ入れの通報があった。澤井はシャブの保管所からブツを移動させたが、ガサ入れにきたデカたちのメンツを潰さないために手土産くらいは残しておく必要がある。それが、坂本の部屋にあったシャブとＳＩＭカードだ。ところが、保管所に残されていたそのブツを、こっそり持ち出したヤツがいた。そいつが自分の仕業だとバレるのを怖れて、普段から出入りしていた坂本の部屋へ隠した。まさか、坂本の部屋にもガサが入るとは思わなかったんだろう。澤井と話をつけて、そいつを出頭させることにした」

啞然としている氷樫に向かい、村雨は疲れたような笑みを浮かべた。

「俺の生きてる世界は、そんなもんだ。やっぱり、お前は俺と関わらない方がいい。……じゃな」

「待てよ！」

「まだ何かあったか？」

「……朝メシを……。せめて、朝メシを食べていかないか……」

なんとか村雨を引き留めなければと、氷樫は咄嗟にそう言った。

「悪いな。引き際はきれいにしておきたいんだ……」

「そんな……」

このままでは、本当に村雨を失ってしまう。それは嫌だ、絶対に嫌だ、と氷樫は思った。

でも、なんと言って村雨を説得すればいいのか分からない。

「俺はヤクザは嫌いだ！」

叫ぶように言うと、村雨は肩を竦め諦めたような顔でうなずいている。

「だけど……。もしも、村雨が逮捕されたら、俺が全力で弁護してやる。だから、だから……」

自分でも何を言っているのか分からなくなってしまい、氷樫は唇を嚙み締めた。

素直になれ、と自分で自分を叱咤して、氷樫は深く息を吸った。

「ヤクザは嫌いだ。でも、村雨は好きだ……」

「亮彦……」

「俺の身体に、勝手にスイッチだけ作って、いなくなるなんて言うなっ！　お、俺は……っ、じ、自分でやるのなんか、絶対に嫌だからなっ！」

耳から首まで真っ赤になって喚き立てた氷樫をマジマジと見つめ、村雨は喉の奥でクッと笑った。

「いいのか？　まかり間違えば、弁護士とヤクザの黒い関係、なんてスキャンダルになるかもしれないんだぞ。それは困ると言ったのは亮彦だろう」

村雨を失ってしまう痛みに較べたら、スキャンダルなんて何ほどのこともない。そう心から思った瞬間、自分でも驚くほどスッと覚悟が決まっていた。

「俺が間違ってた。言いたいヤツには言わせておく。俺は俺の信条に従って、誰にも文句のつけようのない仕事をきっちりしていく。それだけだ」

「参ったな……」

伏し目がちに低く呟いて、村雨はゆっくりと氷樫の方を向き直った。

「本当にいいんだな」

「いいって言ってるだろう！」

立ち尽くしている村雨に歩み寄ると、氷樫はほんの少し伸び上がり自分から口づけた。

啄むようなキスをして、氷樫が唇を離そうとした瞬間、呪縛が解けたかのように村雨が動いた。

腕を摑まれ引き寄せられ、背骨が軋むほど強く抱き締められた。

そして、躍り込んできた煙草の味のする獰猛な舌に、存分に貪られた。

シャワーを浴びた氷樫が、村雨からの贈り物であるシャツとスーツに着替えていると、村雨が様子を見にやってきた。

「サイズはどうだ？」

「ピッタリだよ。まるで、誂えたみたいだ。このシャツも、すごく肌触りがいいんだな。コットンなのにシルクみたいに滑らかだ」

村雨は満足そうにうなずいている。

「よく似合ってる。やっぱり、亮彦にはきれいな明るい色が似合うな」

氷樫の首に、真新しいネクタイが掛かっているのを見て、村雨がすっと背後に歩み寄ってきた。

「俺が結んでやるよ」

「ええ？　いいよ……」

照れくさくて首を振ったものの、構わず村雨が肩越しに手を伸ばしてくると、氷樫は素直に逞しい胸にもたれるようにして身を委ね鏡を見つめた。

ネクタイはネイビーの濃淡で表現されたヘリンボーン織りで、控えめだけれど合わせやすくエレガントなネクタイだった。

スーツもネクタイも、氷樫の職業と好みを考慮したベストチョイスである。

これらの品を、村雨はどんな思いで選んでくれたのか――。

おそらくは、これが最後の贈り物になると考えていただろう。そう思うと、胸の奥が切なくなる。

村雨の手が器用にネクタイを結んでくれるのを、氷樫はむず痒いような喜びとともに見つめた。

氷樫自身、昨日まで、まさかふたりでこんな朝を迎えることになるとは想像もしなかった。

「よし、できた」

指先でノットを整えながら、村雨が耳元で囁いた。

その息が耳朶を掠めただけで、腰の辺りがじんわりと疼く気がした。

たった一晩で氷樫の身体をこんな風に作り替えてしまった男と、鏡越しに視線を合わせる。

捕まってしまった、と胸の裡で呟く。

一度目は多分、校舎の屋上にあった時計塔の裏で出逢った時――。

気がついていなかっただけで、あの時すでに、氷樫は村雨に捕まっていたのだと思う。

そして、一度は擦れ違ってしまったふたりの軌跡は、十八年という時を経て再び交錯した。

もう逃げられない。今度こそ、村雨に捕らえられてしまった。

そう思ってから、土壇場で追いかけたのは自分だったと思い直し、氷樫は小さく笑った。

「どうかしたか？」

伏し目がちに氷樫が緩く首を振った時、ドアチャイムが鳴った。

「朝メシが届いたようだな」

村雨がリビングへ行ってしまってひとりになると、氷樫は窓越しに煌めいている海へ目をやった。

氷樫と村雨では、生きている世界はまるで違う。でも、例え背中合わせに生きていても、ふたりは表裏一体、けして切り離せない存在なのだと思う。

村雨と歩いて行く。その想いに、もう迷いも後悔もなかった。

氷樫がリビングへ出て行くと、村雨が注文してくれた朝食が運び込まれていた。

フレンチトースト、プレーンオムレツにグリーンサラダ、ヨーグルト。ベーコンとソーセージの皿に、フルーツの盛り合わせも置いてある。その上、籠《かご》には美味しそうなクロワッサンが入っていた。

　下手をすると、朝はコーヒーだけ、などという不健康な食生活を送っている氷樫は目を丸くした。

「すごいな。朝から、こんなに食べるのか」

「当たり前だ。朝メシをしっかり食わなかったら、頭も身体も動かないじゃないか」

　ポットからコーヒーを注ぎ分けながら、村雨が呆れたように言った。

　青々とした海を望むリビングで、ふたりは向き合って座り朝食を摂った。

「坂本の部屋に出入りしていたという澤井組の男は、いつ出頭するんだ」

「今日中に自首するはずだ」

「どうして、そいつは組の物をこっそり持ち出したりしたんだ」

「多分、自分が食うためだろ。転売してもうけるには、量が少な過ぎるからな」

　あっさりと言ってから、村雨は小さくため息をついた。

「シャブを扱っているうちに、自分でも食うようになってしまうヤツ。自分が食うシャブを買う金を稼ぐために、売人になるヤツ。どっちにしろ、いくら稼いでも稼ぎは全部シャブに消えていく。金がなくても、シャブは喉から手が出るほど欲しくて堪らない。目の前に、タダで手に入るシャブがあると思ったら、つい魔が差した。おそらく、そんなところだろ」

　憐れむような口調に、氷樫も黙ってうなずいた。

「ところで、大森が野田に支払う示談金だが、いくらくらいでまとまりそうだ」

「示談金は二十万、俺が立て替えてもう払ってきたよ。あとは野田の入院治療費だが、それは病院から請求書が届いてみないと分からないな」

「そうか」とうなずいて、村雨は懐から封筒を取りだした。

「百万入ってる。大森に渡してやってくれ」

「これは、どういう金だ」

怪訝そうに眉を寄せた氷樫が警戒気味に訊くと、村雨は微かに苦笑した。

「組から出た金じゃない。俺からの祝い金だ。黙って置いていくつもりだったんだが……」

「祝い金？　なんの祝いだよ」

「結婚と、少し早いが、出産祝いも込みということでいいだろう。亮彦から渡してやってくれ」

来春には子供も生まれるというのに、示談金などで出費が嵩むことになった大森夫婦のことを、村雨なりに心配してくれたのだろう。

「直接、渡さなくていいのか？」

村雨は小さくうなずいた。

「大森は組を抜けた人間だ。もう、俺が関わるわけにはいかない」

「……もし、大森が受け取れないと言ったら？」

「そうだな。その時は、亮彦が預かっておいて、いずれ何かの時にふたりのために使ってやってくれ」

氷樫は少し考えてから、「分かった」と答えた。

不意に、村雨の懐で携帯電話の電子音が響いた。

「なんだ」

携帯電話を耳に当て、村雨が傲然と答える。

「……分かった」と言って電話を切ると、村雨は氷樫を見た。

「今日はこれからどうするんだ」

「このまま事務所へ直行して、仕事をするに決まってる」

「なら、送って行こう」

氷樫は小さく首を振った。

「俺は、電車で帰るからいい」

「……そうか」

テーブルを回ってくると、村雨は啄むように口づけた。

「チェックアウトは俺がしておく」

うなずいて、ゆっくり立ち上がった氷樫を抱き寄せると、村雨はもう一度唇を合わせてきた。

互いの舌を絡ませ、名残を惜しむように貪り合う。

「朝から、なんてキスするんだよ……」

わずかに上擦った声で詰った氷樫の腰を抱いたまま、村雨は愛しげに微笑んだ。

「もう一度、押し倒されたくなったか」

「バカなこと言うな」

真っ赤になった氷樫を、村雨が苦しいほど強く抱き締めてきた。

「ありがとう、亮彦。愛してる」

耳元で焦がれるように囁いた村雨を、氷樫もしっかりと抱き返した。

「……愛してる」

一週間後――。

夜、九時近くなって、氷樫はようやく帰宅して来た。

もう少し早く帰れるはずだったが、夕方、相談にきた依頼人との話が長引いてしまった。

相変わらず、街には夜になってもねっとりと絡みつくような熱気が籠もったままで、事務所を出た途端に汗だくになっていた。

駅前のコンビニで、弁当でも買って帰ろうかと思ったが、なんだかそれも億劫になってしまった。

とにかく早く部屋へ帰って、シャワーを浴びてさっぱりしたくて堪らない。

夕食は、宅配のピザでも取って食べればいい。缶ビールは冷蔵庫に入っていたはずだ――。

そう考えた途端、氷樫はパンパンに食材が詰め込まれた冷蔵庫を思い出して微妙に顔をしかめた。

頼んだ覚えのない食材が、宅配便で大量に届いたのは、先週の土曜日の午後だった。

肉や野菜、卵、牛乳からフルーツにいたるまで、段ボール箱にぎっしりと詰め込まれていた。

差出人は食材の宅配サービスの会社名になっていたが、氷樫が頼んだ覚えはもちろんない。

父親と一緒に仙台《せんだい》に住んでいる母親も、氷樫が料理などいっさいしないとよく知っているから、こんな風に調理しなければ食べられない物を送りつけてくることは絶対にないはずだった。

だとすると、思い当たる人間はひとりしかいない。村雨である。

慌てて電話すると、『ああ、届いたのか』と、あっけらかんとした声が返ってきた。

『本当は、今日、そっちへ行こうと思ってたんだが、どうしても都合がつかなくてな。冷蔵庫に入れておいてくれ。食べたい物は、遠慮しないでどんどん食べていいぞ』

村雨は自分の言いたいことだけ言うと、氷樫に文句を言う隙を与えずさっさと電話を切ってしまった。仕方なく、氷樫は食材を冷蔵庫に詰め込んだ。

それから三日、氷樫が使ったのは、洗っただけで食べられるトマトとフルーツ、牛乳だけである。

「ったく、どうするんだよ、あんなにたくさん……。夏なのに、肉なんか腐っちゃうだろ……」

ブツブツ文句を言いながらオートロックを解除し、エレベーターへ向かう。

ようやく辿り着いた自分の部屋のドアを開けようとして、氷樫はぎょっと動きを止めた。

鍵が開いている――。

朝、出勤する時に、鍵は確かにかけていったはずだった。

恐る恐るドアを開けて見ると、三和土《たたき》に男物の靴がきちんと脱ぎ揃えられている。

「…まさか……」

慌ててリビングへ飛び込むと、エアコンの効いた室内には空腹を刺激するいい匂いが充満していた。

見ると、キッチンでは腕まくりした村雨が、何やら料理の真っ最中である。

「やっと帰ってきたか。遅かったんだな」

にこにこと機嫌のいい顔で迎えられ、氷樫は唖然としてしまった。

「どうやって入ったんだよ」

「合い鍵を使って入ったに決まってるだろ」

「そんな物、渡した覚えはないぞ」

「作ったんだよ」

悪びれた風もなく、あまりにもあっさりと答えられ、一瞬目眩がしそうになる。

「……作ったって、いつ、どうやって……」

言いかけて、氷樫はハッと目を見開いた。

「まさか、横浜で俺が眠ってる間に……？」

「あの時は、朝になったらきれいに別れるつもりだったんだから、そんなことするはずないだろ」

「じゃ、いつ作ったんだよ」

「いつだっていいじゃないか。さっさとシャワーでも浴びてこいよ。晩メシにしよう」

「よくない。ここは俺の部屋だぞ」

「そんなことは分かってる」

さもうるさそうに顔をしかめてから、村雨は「蛇《じゃ》の道は蛇ってことさ」と、なんでもないことのようにしれっと続けた。

「……蛇の道は蛇って……」

憮然とした氷樫を見て、村雨は戯けるように肩を竦めている。

「しょうがないだろ。俺はヤクザなんだから」

「開き直るなよな……」

呆れ交じりのため息をついて、氷樫は仕方なくシャワーを浴びにバスルームへ行った。

思い切り熱い湯に身を晒し、一日の疲れを洗い流すと、合い鍵のこともどうでもいい気がしてきた。

勝手に合い鍵を作ったからといって、村雨がそれを悪用するわけではないと分かっている。

「……まあ、いいか……」

俺も、村雨にはとことん甘いな——。

苦笑交じりにひとりごちてシャワーを止め、バスローブを羽織る。バスタオルで濡れ髪を拭いながら寝室へ行き、クローゼットを開けた。

着替えを出そうとしてふと手を止めると、氷樫は棚の上に置いた小箱を見た。

古い紙製の小箱には、うっすらと埃が積もっていた。それをそっと払い、ベッドに腰かけ蓋を開ける。知らず、含羞を帯びた薄い笑みが浮かんでいた。

「何をしてるんだ？」

振り向くと、寝室の戸口に村雨が立っていた。シャワーを浴びに行ったきり、中々戻って来ない氷樫に焦れて様子を見に来たらしい。

「なんだそれは……」

近づいて氷樫の膝の上の小箱を覗き込んだ村雨の目が、微かに見開かれた。

「……まさか、それ……」

恥じらったように笑い、氷樫は小さくうなずいた。

「そんな物、まだ持ってたのか……」

「捨てられるわけないだろ。村雨が獲ってくれた物なのに……」

それは、ふたりでゲームセンターへ行った時に、村雨がクレーンゲームで獲ってくれたウサギの縫いぐるみだった。

事件当初は、ウサギにも責められている気がして見るのも辛《つら》かった。それでも、どうしても処分してしまうことはできず、箱に入れて押し入れの奥に隠すようにしまった。

それからずっと、引っ越しの度に大切に持ち歩いてきたのである。

氷樫の隣に腰を下ろすと、村雨は小箱の中からピンク色のウサギを取りだした。

「懐かしいな……」

過ぎた日を思うように、村雨がぽつりと呟いた。

うなずいた途端、胸の奥が痛いほど締めつけられて、氷樫は唇をふるわせた。

村雨を失わなくて、本当によかったと心から思う。十八年前の少年時代に戻ることはできないけれど、これからはふたりにしか過ごせない時をともに刻んでいこう。

「クローゼットの棚、村雨が使う分、空けておくから……」

「いいのか……？」

わざとらしく、氷樫は肩を竦めた。

「勝手に合い鍵作っておいて、今さら訊くなよ」

ため息をついてから、クスッと笑い、村雨の胸に自分からもたれかかる。

そんな氷樫の胸元へ、村雨が手を差し入れてきた。

まだ汗が引ききらない身体をまさぐられ、氷樫の息が乱れる。

「…食事……は……？」

「気が変わった。メンテナンスが先だ……」

耳元で囁かれベッドへ押し倒されると、それだけで身体が熱くなっていた。

「あれから、ひとりで何回やった……？」

「……やってない」

「ほんとに……？」

「やるわけ……ない…だろ……」

潤んだ目で睨んでやると、村雨は舌なめずりするようにニヤリと笑った。

「なら、念入りに手入れをしないといけないな」

「……かっ…て……にしろ……っ……」

突っ慳貪な口調とは裏腹に、身体は喜びと期待ですでに熱く燃え上がっている。

氷樫の本音などお見通しだというように、村雨がするりと内股へ手を差し入れてきた。

「あっ、ああっ、……んっ……あぁっ……」

「いい声だ……」

耳元で嬉しげに囁かれると、身悶えるように深く胸を喘がせながら、氷樫は艶然と微笑んでいた。

# あとがき

こんにちは、柚月笙《ゆつきしょう》です。

わたしの二冊目の本『裁かれざる愛』をお手にとっていただき、ありがとうございます。

今回の作品は、高校時代に惹かれ合っていながら、心ならずも離ればなれになってしまったふたりが、十八年も経ってから再会するというお話です。

ヤクザの幹部と弁護士として再会したふたりは、どんな風に心を通わせていくのか——。

楽しんで読んでいただければ、とても嬉しく思います。

よろしければ、ご意見、ご感想など、ぜひ編集部宛にお送りください。

実は、わたしは普段から比較的年齢の高いキャラクターを主人公にすることが多く、十代の少年を書くのは今回が初めての経験でした。

それでなくても苦手な少年で、しかも十八年前の話です。わたし自身の高校時代は、遥か彼方に過ぎ去っていて、すでに記憶も曖昧になってしまっています。

プロットにOKをいただいたものの、ちゃんと書けるのかとても不安でした。

でも、意外なことに、書いてみると少年時代のふたりを書くのは、とても楽しかったです。ただ、十八年前は何が流行っていて、今とどう違うのか、調べたりするのに時間がかかってしまい、担当さんには今回も多大なご迷惑をおかけしてしまいました。

にも拘わらず、辛抱強く後押しをしていただき、とても心強くありがたかったです。

イラストは、大麦若葉《おおむぎわかば》先生にお願いすることができました。

まさに昨日！　キャララフを見せていただくことができたのですが、村雨《むらさめ》も氷樫《ひがし》も素晴らしくカッコ良くて、パソコンの前でひとり小躍りしてしまいました。

しかも、それぞれ少年時代と大人になってからの２パターンで、とても贅沢で得をした気分でした。本が完成してイラストを拝見できるのを、今からとても楽しみにしています。

お忙しい中、お引き受けいただき、本当にありがとうございました。

前作の『追憶の爪痕』に続き、今回『裁かれざる愛』を執筆する機会に恵まれましたが、やはりまだまだ力不足だと痛感しているところです。

それでも、一歩でも前進できるように精進していきたいと考えています。

こんなわたしですが、これからも応援していただければ、とても嬉しく思います。

今後とも、柚月笙をどうぞよろしくお願いいたします。

二〇一五年　九月吉日

柚月笙　拝

## 追憶の爪痕《ついおくのつめあと》

**柚月 笙**
イラスト：幸村佳苗

本体価格870円+税

内科医の早瀬充樹は、三年前姿を消した元恋人の露木孝弘が忘れられずにいた。そのため、同じ病院で働く外科医長の神埼から想いを告げられるも、その気持ちにはっきり応えることができなかった。そんな時、早瀬が働く病院に露木が患者として緊急搬送されてくる。血気盛んで誰もが憧れる優秀な外科医だった露木だが、運び込まれた彼に当時の面影はなく、さらに一緒に暮らしているという女性が付き添っていた。予期せぬ邂逅に動揺する早瀬を、露木は「昔のことは忘れた」と冷たく突き放す。神埼の優しさに早瀬の心は揺れ動くが、どうしても露木への想いを断ち切れず…?

# リンクスロマンス大好評発売中

## 願いごとは口にしない《ねがいごとはくちにしない》

**谷崎 泉**
イラスト：麻生 海

本体価格870円+税

十二歳で唯一の肉親であった母を亡くした大森朔実は、施設に入ることを拒み母と暮らしていた家で一人生活していた。そこに、母の弟だと名乗る賢一が現れ一緒に暮らすことになる。穏やかな賢一に見守られ、二人で寄り添いあう日々は裕福ではないものの小さな幸せに満ちていた。賢一と暮らすようになってから十六年経ったある日、国立大に進学し順調に准教授までのキャリアを重ねてきた朔実は、研究のためドイツ行きを勧められる。しかし賢一と離れて暮らすことは考えられないと葛藤する中で、朔実は賢一への想いが保護者への思慕ではなく、恋愛対象としてのそれだと気付いてしまい…。

## 娼館のウサギ《しょうかんのうさぎ》

**妃川 螢**
イラスト：高峰 顕

本体価格870 円+税

借金のかたとして男娼になるべく幼少時に引き取られた卯佐美尚史。しかし母親から受けた虐待が原因で接触恐怖症の症状を持つため、男娼としての仕事が出来ず、現在は支配人として娼館を取り仕切っている。一緒に娼館に引き取られた同じ施設出身の幼なじみ・葉山勇毅にだけは接触が可能だが、自分がやるべき本来の仕事をすべて勇毅に肩代わりしてもらっていることを心苦しく思っている。そんな中、娼館のオーナーが亡くなり、新しいオーナーがやってくることになる。以前よりもより運営に深くかかわるようになった卯佐美は、勇毅の借金は、もはや自分の肩代わり分だけだと知り…。

# リンクスロマンス大好評発売中

## フィフティ

**水壬楓子**
イラスト：佐々木久美子

本体価格870円+税

人材派遣会社「エスコート」のオーナーの榎本。恋人で政治家の門真から、具合の思わしくない、榎本の父親に会って欲しいと連絡が入る。かつて、門真とはひと月に一度、五日の日に会う契約をかわしていたが、恋人となった今、忙しさから連絡を滞らせていたくせに、そんな連絡はよこすのかと榎本は苛立ちを募らせる。そんな中、門真の秘書である守田から、門真のために別れろとせまられ…。オールキャストの特別総集編も同時収録!!

## 君が恋人にかわるまで《きみがこいびとにかわるまで》

**きたざわ尋子**
イラスト：カワイチハル

本体価格870円+税

会社員の絢人には、新進気鋭の建築デザイナーとして活躍する六歳下の幼馴染み・亘佑がいた。十年前、十六歳だった亘佑に告白された絢人は、弟としか見られないと告げながらもその後もなにかと隣に住む亘佑の面倒を見る日々をおくっていた。だがある日、絢人に言い寄る上司の存在を知った亘佑から「俺の想いは変わっていない。今度こそ俺のものになってくれ」と再び想いを告げられ…。

# リンクスロマンス大好評発売中

## 掌の檻《てのひらのおり》

**宮緒 葵**
イラスト：座裏屋蘭丸

本体価格870円+税

会社員の数馬は、ある日突然、友人にヤクザからの借金を肩代わりさせられ、激しい取り立てにあうようになった。心身ともに追い込まれた状態で友人を探す中、数馬はかつて互いの体を慰め合っていたこともある美貌の同級生・雪也と再会する。当時儚げで劣情をそそられるような美少年だった雪也は、精悍な男らしさと自信を身に着けたやり手弁護士に成長していた。事情を知った雪也によってヤクザの取り立てから救われた数馬は、彼の家に居候することになる。過保護なほど心も体も甘やかされていく数馬だったが、次第に雪也の束縛はエスカレートしていき…。

この本を読んでの
ご意見・ご感想を
お寄せ下さい。

〒151-0051
東京都渋谷区千駄ヶ谷4-9-7
(株)幻冬舎コミックス　リンクス編集部
「柚月《ゆつき》 笙《しょう》先生」係／「大麦若葉《おおむぎわかば》先生」係

リンクス ロマンス

# 裁かれざる愛

2015年10月31日　第1刷発行

著者……………柚月《ゆつき》 笙《しょう》
発行人…………石原正康
発行元…………株式会社　幻冬舎コミックス
〒151-0051　東京都渋谷区千駄ヶ谷4-9-7
TEL 03-5411-6431（編集）
発売元…………株式会社　幻冬舎
〒151-0051　東京都渋谷区千駄ヶ谷4-9-7
TEL 03-5411-6222（営業）
振替00120-8-767643
印刷・製本所…株式会社　光邦
検印廃止


ISBN978-4-344-83552-8 C0293
Printed in Japan

幻冬舎コミックスホームページ　http://www.gentosha-comics.net